KB067625

아무도 외롭지 않게

김지연 그림 에세이

아무도 외롭지 않게

— 내가 만난 엄마들

김지연 지음

웃는돌고래

차례

2부

육아에 비법 따위가 어디 있어!

3부

나는 날마다 새롭게 반한다

4부 계산이 안 맞는 엄마의 삶

5부 엄마 자리는 잠시 내려놓고

일러두기

이 책에 등장하는 사람들 이름은 모두 가명입니다.

프롤로그

엄마가 울지 않는 밤을 위해

우리 엄마 올해 나이 일흔여덟, 내 나이 마흔여덟. 그런데도 엄마는 나를 '아가'라고 부른다.

"아가, 밥 먹었니? 추운데 다니느라 고생이 많지. 밥 꼭 먹어라. 그리고 깨끗하게 하고 다녀야 사람들이 무시 안 한다."

뭘 먹어라, 뭘 입어라, 차 조심해라, 밤 늦게 다니지 마라……, 쓸데없는 소리를 한다.

나도 열여덟 살 우리 아들한테 똑같이 군다.

"의태야, 밥 먹었어? 추우니까 마스크하고 가. 채소 먹어야지!"

뭘 먹어라, 뭘 입어라, 차 조심해라……, 쓸데없는 소리를 한다.

남편은 안 그렇다. 내가 뭘 먹든, 뭘 입든 상관하지 않는다. 대신 이런 소리나 한다.

"밤길에 널 만난 사람이 놀라지 않게 길가로 걸어. 깜깜한 데서 너를 보면 얼마나 무섭겠니?"

그래서인가, 남편은 같이 있으면 편하다.

엄마는 같이 있으면 불편하다. 늘 빚을 진 기분이고 부담스럽다. 그래도 늘 그리운 사람은 엄마다.

세상 모든 것들에겐 엄마가 있다. 꽃과 나무도 엄마가 있어 태어나고, 〈스타워즈〉에 나오는 악당 다스베이더도 엄마의 사랑스런 아나킨이었다. 내 친구들 대부분이 엄마이고, 내가 만나는 사람도 대부분 엄마들이다. 개 엄마, 고양이 엄마도 있다. 온통 엄마투성이. 그런 엄마들과 이야기하는 일은 언제라도 좋다.

아이 자랑을 하다 느닷없이, "내 자식이 아닌 것 같아. 도저히 이해가 안 돼." 하면서 욕을 한다. 그래 놓고는 순식간에 자책감, 죄의식의 늪으로 뛰어든다. 애가 아프면 내 탓 같고, 애가 공부를 싫어하면 남편 닮아서인 것 같고, 그런 아빠는 또 엄마가 골랐고……. 아이 이야기는 끝이 없다.

아이들이 다른 만큼, 엄마들도 다 다르다. 엄마라는 부담을 버리고 그저 한 인간으로 이야기하면 엄마들 속에서는 놀라운 것들이 마구 튀어나온다. 아이를 잘 키워야 한다는 의무감을 안고 살지만, 사실 그 엄마에게도 엄마가 필요하다. 엄마들도 불완전한 존재다. 그러면서도 무조건적이고 끝도 없이 아이를 사랑하는 놀라운 존재다.

미술 수업을 통해, 그림책 강연을 통해, 아이의 학교 친구들을 통해, 이런저런 다양한 엄마들을 많이도 만났다. 내 친구이기도, 스승이기도, 때로는 우리 엄마 같기도 했던 그이들의 이야기를 대신 전한다. 잘난 엄마들 이야기가 아니다. 어디에나 있는 엄마들의 이야기다. 글은 누추하고 볼품없지만 부디 빛나고 아름다운 엄마들을 떠올려 주길 바란다.

그 모든 엄마들이 자신의 삶을 잘 가꾸어 건강해지기를 바라는 마음을 가득 담아서.

2018년 3월

김지연

1부

이런 엄마 저런 엄마

싸움은 애들 몫으로

그림책 강연에서 만난 엄마들, 아이들 미술 수업에 따라온 엄마들이 나에게 자꾸 묻는다.

"아이들이 싸우면 도대체 어떻게 해야 할까요?"

그러면 나는 이렇게 대답한다.

"웬만하면 끼어들지 말고 내버려 두세요."

자꾸 싸워서 좋을 것은 없지만 아이들은 싸우면서도 배우는 것이 많기 때문이다.

놀이터에서 놀던 두 아이가 싸운다. 그네 하나를 둘이서 붙들고 서로 자기가 먼저 잡았다고 한다. 어느 놀이터에서

나 그네는 싸움 일으키는 데 선수다. 둘이 서로 "내 거야!", "아니야, 내가 탈 거야!" 다투는 중에 아이의 엄마들이 나타난다.

"미안하다고 해라."

"괜찮다고 해라."

"사이좋게 지내자 해라."

"네가 먼저 타라 해라."

"양보해라."

엄마 둘이 계속 이야기한다. 그러면 아이들은 앵무새처럼 되뇐다.

"미안해."

"괜찮아."

"우리 사이좋게 지내자."

"네가 먼저 타."

"아냐, 네가 먼저 타."

"내가 양보할게."

3분도 안 돼서 싸움이 종료됐다. 세상에서 제일 재미난 게 불구경이랑 싸움구경이라는데, 이건 무효다. 무효! 그래서 내가 한 엄마에게 그랬다.

"아이가 겪어 내야 할 소중한 싸움 경험을 엄마가 나서서 빼앗지 마세요."

그랬더니 대답이 이랬다.

"그럼, 그 아이 엄마가 우리 아이만 혼낼 거 아니에요? 게다가 싸움 안 말리고 사과도 안 시키고 그러면 이상한 여자로 소문나서 안 돼요."

아이가 혼날 짓을 했으면 혼나고, 아니면 아이 스스로 자기 입장을 말할 수 있게 해야 한다. 억울하면 울면서 엄마한테 이야기하겠지. 이를 북북 갈며 그럴 거다. '다음엔 더 빨리 그네 줄을 잡아야지!' 또는 '다음엔 싸우기 전에 미리 양보해야지.' 하거나 '아니야, 새벽에 나와서 나 혼자 그넬 타야겠어.', '아니, 시소를 탈까?' 그러기도 하겠지. 그리고 대부분의 아이들은 그 원수같이 싸우던 친구와 어울려 잘만 논다. 싸우고 놀고, 또 싸우고 화해하고, 싸우고 다시 놀면서 끊임없이 성장하는 시간, 우리 아이들에게 꼭 필요한 공부다.

엄마의 무기

글러브나 방망이도 없이 덜렁덜렁 맨몸으로 운동장에 서 있는 사람을 야구 선수라 할 수 있을까? 총도 없이 전쟁터에 나간 군인은? 칼도 없이, 도마나 냄비도 없이 불 앞에 서 있는 사람을 요리사라 할 수 있나? 붓도 물감도 없는 화가는 또 어떻고? 자기 도구를 잘 지키는 사람이야말로 자기 정체성에 충실한 사람이라 할 것이다.

그렇다면 아이를 잘 키우고 싶은 엄마에게 꼭 필요한 도구는 무엇일까. 아무도 물어본 적 없지만, 나는 이런 대답을 준비하고 있다.

"첫째는 그릇이요, 둘째는 책입니다."

"선생님, 아이들 밥을 언제까지 식판에 줘야 할까요?"

미술 수업으로 알게 된 방이동 삼남매 엄마가 언젠가 내게 물었다.

"저희 집 애들이 다섯 살, 일곱 살, 여덟 살인데, 골고루 먹는 습관을 들이려고 이유식 때부터 식판에 밥을 먹이고 있거든요."

유치원에서도 식판, 초등학교에서도 식판, 중고등학교 가서도 식판, 캠프를 가도 식판, 군대를 가도 식판, 회사를 가도 식판, 병원에 입원해도 식판, 온통 식판이 난무하는 세상이다. 그런데 집에서도 식판이라니?! 심지어는 집에서 일회용 종이컵을 쓰는 엄마도 봤다. 아이가 컵을 자꾸 떨어뜨리는데, 다칠까 무서워서란다. 이해는 간다만 동의하기는 힘들다.

누구네 집에 놀러갔는데 나한테 일회용 컵에 물을 주거나 일회용 그릇에 음식을 담아 주면 나는 좀 속상하다. 얼른 먹고 사라져 줬으면 싶은 일회용 인간이 된 것 같다. 나를 귀하게 여겼다면 그 집에서 가장 좋은 잔에 물을 담아 줬을 것이고, 가장 좋은 그릇에 대접하려 하지 않았겠는가 말이다.

손님에게 그런 건 또 그렇다 치자. 자기 아이에게도 그러는 건 정말 아니다. 그럼, 저 찬장 속의 좋은 그릇은 도대체 언제 쓴단 말인가.

'큰 그릇이 되어라.'

'네 밥그릇은 챙겨야 어른이지.'

'간장 종지 같은 사람.'

그릇으로 사람 됨됨이를 밥상머리에서 가르치기도 하는데, 정작 우리 아이들은 밥그릇에 밥을 먹을 일이 없다. 햄버거도 그저 종이에 둘둘, 피자도 종이 상자에 툭, 김밥도 알루미늄 호일로 번쩍번쩍 싸 놓은 걸 먹는다. 먹고 나면 늘 쓰레기가 산더미다. 인간이 살기 위해 하는 행위 중 가장 기본적인 행위가 바로 먹는 행위다. 어쩌다 보니 그 중요한 일에 품격을 더하는 것은 거추장스러운 일이 되고 말았다. 잘 먹고 잘 살기 위해, 바빠서 그렇단다. 무엇을 먹는지, 어떻게 먹는지, 먹는다는 행위에 담긴 여러 '문화'는 쌈 싸먹고 말았다.

그릇에 밥을 먹으려면 준비하는 사람도 먹는 사람도 정성과 시간이 필요하다. 자기 인생 제 맘대로 못 하는 어른들도, 일하느라 밥 한 그릇 제대로 챙겨 먹기 힘든 노동자

일수록, 좋은 그릇에 잘 차려진 한 끼를 먹어야 한다. 귀하게 차린 밥 한 그릇이 그 사람을 살리는 존중이자 감사다. 자라나는 아이들에겐 더 그렇다. 도대체 뭣이 중한디, 밥 한 끼 제대로 못 먹고 학원을 오가야 하느냐 이 말이다.

그릇에 담긴 밥 한 그릇이 아이의 몸을 자라게 한다면, 책은 아이의 영혼을 키우는 도구다. 좋은 책을 권하고 함께 이야기 나누며 즐거운 시간을 엄마와 나눈 아이는 책을 좋아한다. 일방적으로 책을 강요하지 않고 엄마가 즐긴다면 더욱 그렇겠지. 아이가 책을 안 좋아하면 또 어떤가. 그저 엄마가 아이에게 책을 읽어 주었다는 추억만으로도 충분하다. 어른이 된 뒤 다시 책을 만났을 때 불편하거나 지긋지긋해하지 않고 책을 반기는 사람이 될 수 있을 것이다.

하루하루 필요한 한 그릇, 책 한 권이 우리 아이를 건강한 사람으로 자라게 한다.

福
福

김밥 백 줄 싸는 법

좌우지간 아이 많은 집은 늘 난리법석이다.

양재동 사공주집은 딸들이 초등학교, 중학교, 고등학교에 골고루 다닌다. 이 집 화장실에 들어가면 아이 많은 집 상황이 한눈에 보인다. 휴지걸이부터 다르다. 공용 화장실에서나 봄직한 커다란 롤휴지가 걸려 있다. 엄마까지 여자가 다섯이니 샴푸, 비누, 치약 같은 건 수시로 떨어진다. 새 거, 아니면 다 써 가는 상태다. 아이들 학교 가는 아침이면 화장실 두 개는 맨날 전쟁이다. 밥 먹으려면 밥그릇, 국그릇, 물컵까지 기본이 열여덟 개다. 허억.

하루는 과천 사남매집에 수업을 갔더니 김밥이 산으로 쌓

여 있다. 부업으로 김밥 집이라도 하는 줄 알았다. 근데, 그 많은 김밥 전부랑 귤 한 박스가 그날 사남매 간식이란다.

"웬 김밥을 이렇게 많이 싸셨어요?"

"우리집 애들만 먹나요? 애들 친구까지 와서 먹으면 저것도 모자라요. 애 하나가 친구 한둘만 데려와도 금방 열이 넘는데요. 같이 있으면 우리 앤지, 남의 앤지 구분도 안 돼요. 호호홍."

1호, 2호, 3호, 4호의 친구 엄마들까지 왔다 하면 더 가관이다. 모르는 엄마들끼리 섞여 밥도 먹고, 커피도 먹고, 동네 반상회가 따로 없다. 커다란 커피 믹스 한 박스가 2주면 사라진다. 현관엔 신발이 어찌나 많은지, 어디서 아무렇게나 주워다 쏟아 놓은 것 같다. 그 속에서 내 신발을 겨우 찾아 신고 나와 보니 남의 신발이랑 바꿔 신고 나온 적도 있다. 한 짝은 내 거, 한 짝은 남의 거.

"김밥 싸느라 힘드셨겠어요."

그랬더니, 그 엄마 대답이 걸작이다.

"선생님, 아이 많은 집은 김밥 어찌 싸는 줄 알아요? 오늘 김밥 싼다! 그러면 먼저 김이 가서 발 위에 쫙 누워요. 이때 밥솥에 있던 뜨뜻한 밥이 솥뚜껑 열고 나와 제 몸에 참기름이랑 소금을 바르고 김 위로 달려가 마구 뒹굴어요. 그럼 단무지랑 우엉이랑 시금치랑 당근이랑 계란이 달리기 시합하듯 달려가 착착 누워요. 이제 되었다 싶을 때 맨 아래에 있던 김이 제 몸을 도르르 말아요."

난 그 요술 김밥을 먹으며 눈물이 날 뻔했다. '그까짓 김밥 백 줄 정도야 저절로 싸지는 거지!' 할 수 있는 통 크고 멋진 엄마.

강남 50평 아파트에 아이 하나 키우면서 집 어지르니 친구 데려오지 말라는 엄마가 있다. 집에 놀러 온 친구에게 "네 쓰레기는 네가 가져가!" 한다는 아이도 있다. 그런 한숨 나는 얘기를 자꾸 들어서인가, 저절로 싸진다는 그 김밥 백 줄이 참 귀하고 고맙다.

이모님 이모님 우리 이모님

나라면 머리가 아파서 도저히 못할 일들을 척척 해내는 대단한 엄마가 있다. 나는 내 스케줄 정리도 어려운데 여러 사람의 스케줄을 정리하고 일러 준다.

집안일도 해 주시고 요리도 도와주는 이모님, 아이 학원 데리고 다녀 주는 이모님, 그리고 학원마다 숙제 도와주는 숙제 선생님, 놀이 선생님들까지 관리를 기가 막히게 잘한다. 학원 쉬는 날엔 이모님이 같이 놀아 주셔야 하니 그 스케줄 관리도 해야 한다.

"이모님, 오늘은 이 목록으로 장봐서 이 음식을 해 주세요. 오늘 이불도 빨아야 하고요."

"이모님, 오늘 작은아이 영어 끝나면 줄넘기 가야 해요. 보충이라 수학 가기 전에 갔다 오셔야 해요."

"이모님, 월요일 영어 숙제 리스트가 바뀌었어요. 영어 발표회 때문에 대사 외워야 하는데 그것도 좀 봐 달라고 영어 숙제 선생님께 이야기해 주세요."

하루 종일 "이모님, 이거 해 주세요.", "이모님 저거 해 주세요." 하느라 너무 바쁘고 피곤하다. 그래서 밤에는 아이를 데리고 자지도 않는다.

"이모님이 계신데 왜 제가 데리고 자나요? 잠이라도 편히 자야죠."

이 동네에선 이 집만 그런 게 아니다.

유치원 버스 내리는 곳에선 이 집 저 집 이모님들이 나와서 아이들을 맞이한다. 중국 동포 이모님들은 이 시간이 반갑다. 익숙한 말로 얘기도 나누고 고향 음식을 나누기도 한다. 문화 센터 담당 이모님들은 아이들이 수업 받는 동안 즐겁게 이야기꽃을 피우신다.

물론 직장에서 일하는 엄마도 있지만, 이모님이 계신 엄마들은 그 시간에 카페에서 이야기꽃을 피우기도 한다. "우리 집 이모님은 이게 문제다.", "지난번에 우리집 이모님이 아파서 엄마네 이모님이 와주셨다." 이런 이야기를 나눈다.

이렇게 부르는 '이모님' 소리, 나는 좀 별로다. 특히 고기집에서 "이모님!!!" 하고 소리소리 지르는 건 정말 싫다. 이모님이라고 부르며 친근한 척하며 부려먹으려는 속셈을 누가 모를 줄 알고.

"이모 시키지 말고 네가 가져다 먹어!!"

이렇게 소리 지르고 싶다.

어디 이모한테. 난 우리 이모한테 안 그런다. 우리 이모도 나한테 쩔쩔매지 않는다.

아무렇게나 혈족으로 만들고 부려먹지 말자. 아줌마든 여사님이든, 차라리 그게 더 낫다.

삐뚤어져서 예쁘다

내 친구 인선이는 어릴 때부터 '범생이'였다. 바르고 착하게만 살던 그 친구가 아이는 또 얼마나 삐뚤어지고 못되게 키웠는지, 무척이나 마음에 든다.

"그동안 부모님 말씀 거스른 적 한 번도 없어. 공부도 잘했지. 착실하고. 그런데 어느 날 정신을 차리고 보니 내가 엄마가 돼 있는 거야. 생각이 많아지더라. 그렇게 살아서 행복했던가? 하고 말이야."

그래서 아들에게는 정말 '바른 것'만 가르쳤다. 그래서 그 아이는 옳지 않은 것을 보면 어른이고 애고 따박따박 따지고, 하고 싶은 것을 하기 위해선 치마 입는 것도 두려워하지 않는 아이가 되었다. 화장하고 귀도 뚫고 머리 염색도 했다.

반듯하신 선생님이 엄마를 불러 오라면 선생님을 위하는 마음으로 이렇게 말한다.

"선생님, 그냥 저랑 이야기하세요. 저희 엄마 오면 복잡해져요. 제가 아니고 선생님이요."

인선이는 학교에 찾아가 교장 선생님과 아이를 어떻게 키우고 싶은지 긴긴 이야기를 풀어놓았다. 선생님이 부르지 않아도 그렇게 했다. 아이는 반에서 반장까지 했고, 아이들 사이에선 멋진 친구로 통했다. 아이가 반장을 맡은 동안, 그 학년에서 가장 분위기 좋은 반이라는 평을 들었다 한다.

아이는 옳지 않은 일을 하지 않고 하고 싶은 일을 하기 위해, 혼자 공부를 해 해외로 진학했다. 그리고 대학생이 돼서 사진을 보내왔는데, 아이코, 이번엔 초록머리다. 저번에는 핑크색 머리더니. 아니다, 핑크색은 그 녀석 동생 머리였나? 똑같이 이상한 녀석들. 하하.

이렇게 '잘' 삐뚤어지기 위해서는 조기 교육이 중요하다. 친구는 아이가 초등학생 때 각종 예방주사를 맞춰 혼자 아프리카로 여행을 보냈다. 모르는 어른들 사이에서 버스를 타고 한 달 가까이 아프리카를 여행한 아이는 새까맣게 건강해져서 돌아왔다. 어느 날은 캐나다로, 또 어느 날은 중국으로, 일본으로 아이를 보냈다. 계속 아이를 혼자 보낸 이유는 돈이 없어서였기도 했지만 엄마 없이 혼자 가야 제대로 클 수 있다고 믿었기 때문이다.

결혼 전까지 착하고 반듯한 사람의 대명사였던 윤서 엄마도 비슷하다. 요리도 잘하고 바느질도 잘하는 엄마가 되고 나서 정신이 번쩍 들었다. 자기랑 정반대 딸을 키우게 된 것이다. 이럴 줄 알았겠는가. 딸이 중학교에 들어가더니 내내 잠만 자고 연예인만 죽어라 쫓아다녔다. 안 되겠다 싶어, 여행 다니는 대안 학교에 보냈다.

윤서는 러시아에 가서 몇 달, 일본 가서 몇 달, 호주 가서 몇 달, 제주도 가서 몇 달……, 그런 식으로 2년을 보냈다. 그 윤서가 아르바이트를 하고 처음 돈을 벌더니 밥을 사겠다고 전화를 해 왔다. 자기를 지지해 준 어른들에게 인사를 하고 싶다면서.

나는 돈 봉투를 챙겨 나갔다. 아이가 힘들게 번 돈으로 사는 밥을 그냥 먹으면 소화가 되겠는가. 그런데 막상 만나

보니 열아홉 살 윤서는 나보다 더 어른이 되어 있더라. 시에서 땅을 배당받아 농사를 짓고, 거둬들인 농작물을 팔고, 남은 농작물은 피클을 만들어 팔았다 했다. 옹골지게도 벌었다. 윤서는 제가 번 돈으로, 공부하는 수험생 친구들과 엄마 친구들에게까지 끝내주는 한 끼를 대접했다. 또 '신윤서'인데 '이윤'으로 이름을 쓴다. 엄마 성으로도 좀 살아야 한다고. 제대로 삐뚤어졌다.

생각해 보니 '바른 생활' 엄마들은 모두 아이 덕분에 정신을 차렸다. 정신이 번쩍 들어 '제대로' 세상 사는 연습을 했다. 나도 그랬고, 내 주변의 멋진 엄마들 모두 아이들이 만들었다. 그렇게 정신 차린 엄마들은 어여쁘게 삐뚤어진 아이들로 잘도 키운다.

씩씩이를 위한 기도

씩씩이 엄마가 돌아가셨다. 씩씩이는 이제 겨우 열 살, 씩씩이 동생은 일곱 살.

씩씩이 엄마는 암 때문에 오랫동안 고생했다. 씩씩이 미술 수업 때 처음 뵈었는데 안색이 안 좋을 뿐, 유쾌하고 여유로운 분이셨다. 가족과 여행도 많이 하고 즐거운 시간을 보내 병이 낫는 중인 줄 알았다. 그래서인가 씩씩이도 늘 웃으며 명랑했다. 그 이후로도 씩씩이 엄마랑 종종 통화를 하면 친구처럼 기분 좋게 이야기를 나누곤 했다.

어느 날 씩씩이가 그랬다.

"우리 엄마가요, 요즘 잠을 많이 자요."

가슴이 쿵 내려앉았다.

몸이 계속 안 좋아지는 모양이었다. 씩씩이를 만나고 돌아오는 버스 안에서 많이 울었다. 씩씩이 엄마 생각을 하면 자꾸만 눈물이 났다. 씩씩이 엄마는 그 얼마 뒤 돌아가셨다. 그때부터는 울지 않았다. 내가 계속 울면, 그건 씩씩이한테 너무 미안한 일인 것 같았다.

나는 언제나처럼 늘 씩씩이를 웃겨 주는, 세상에서 제일 웃긴 미술 선생님이기로 했다. 그래야 한다. 동네 아줌마들도 씩씩이를 더 챙기지도 말고 측은하게 본다거나 붙잡고 눈물 흘린다거나 하지 않았으면 좋겠다 싶었다. 그냥 내버려 두면 좋겠다. 혹시 내가 우리 아이들보다 먼저 떠나도 엄마와 같이 보낸 행복했던 기억들이 힘이 되어 줄 것이다. 씩씩이도 그래 주기를 바랐다.

씩씩이는 오래전부터 할머니, 할아버지랑 살고 있어서 엄마가 돌아가신 뒤에도 생활에는 큰 변화 없이 잘 지내고 있다. 키 크고 멋진, 좋은 아빠도 씩씩이 곁을 지키고 있다. 참 다행이다.

엄마 장례를 치른 씩씩이가 미술 수업을 왔다. 주말에 상을 치렀는데 화요일 수업에 온 거다. 너무나 씩씩하게 멀리서 "선생님!" 부르며 달려오더라. 어찌나 눈부시던지, 씩씩이 엄마가 봐도 설레었을 거다.

즐겁게 수업을 하는데 철없는 똥싸개 친구들이 입이 들썩들썩한다. 씩씩이가 "나중에 이야기해!" 하고 말리다 안 되겠는지, "선생님, 엄마 돌아가셨어요." 했다.

"알아. 그래서 막 기도했어. 나 기도 엄청 잘하거든. 다행이야. 엄마가 더 이상 아프지 않아서."

"저도요!!"

씩씩이가 냉큼 대답을 했다.

우린 서로 정말 고마웠다. 엄마가 아픈 걸 내내 지켜보았던 씩씩이랑 나는, 이제 엄마가 더 안 아파서 다행이라고 말하는 바보들.

나는 씩씩이 엄마를 위해 기도하지 않는다. 엄마는 자기를 위해 기도해 달라고 하지 않는다. 그래서 나는 씩씩이가 계속 씩씩하기를 기도한다.

씩씩이 엄마도 내 기도가 마음에 들 거다.

그 이름도 눈부신 수정 씨 이야기

어느 집에서 키우던 애완견이 병에 걸렸다. 가족들이 지극정성으로 돌보고 치료했음에도 두 달 정도밖에 살지 못한다는 선고를 받았다. 마지막 날들이라도 공기 맑고 넓은 데서 맘껏 뛰어다니며 보내라는 마음으로 가족들은 개를 시골에 계신 할머니댁으로 보냈다.

다 죽게 되어 시골에 도착한 개는 꼴이 말이 아니었다. 털도 다 빠지고 바닥에 걸레처럼 붙어 움직이지도 못했다. 할머니는 아픈 개라고 특별히 더 잘 돌본다거나 하지도 않고, 그저 밥이나 챙겨 주는 게 다였다. 시골집 마당에 축 늘어져 껌벅껌벅 볕을 쬐는 병든 개. 고양이고 들쥐고 참새고 바람이고 이 녀석을 안 건드렸다. 곧 죽을 놈이니.

그런데 어느 날 이 개가 담을 넘었다. 할머니는 이놈이 죽으려고 종적을 감췄나 했다. 아, 그런데 이놈이 야밤에 다시 담을 넘어 들어와서는 죽은 듯이 자더란다. 다음날, 또 다음날도 해 뜨자마자 들과 산을 온통 쏘다니다 밤이면 꼬리를 살랑거리며 돌아왔다. 그런 지 어언 2년이 지났는데 아직도 안 죽고 생생하단다. 이 이야기를 들려주면서 다솜 엄마는 그랬다. "나도 그 개랑 별로 다르지 않아요." 고아도 아닌데 고아처럼 자란 다솜 엄마의 이야기는 그렇게 시작됐다.

아이를 키울 수 없던 엄마는 아이를 아빠에게 보냈다. 아빠가 바람을 피워 생긴 딸을 아빠의 원래 식구들이 잘 챙겨줄 리 없었다. 그래서 어느 노할머니의 수양딸로 보내졌다.

말이 수양딸이지, 호랑이 할머니의 종이나 다름없었다. 갓 열 살도 안 된 아이는 얼음 같은 찬 방바닥에 누워 앓으며 결심한다. 반드시 혼자 힘으로 살아 내겠다고.

그 집을 도망쳐 나왔다. 아이가 길을 헤매고 있으니 누군가가 경찰서로 데려갔다. 집이 어디냐, 전화번호 모르냐, 어떤 것을 물어도 입을 꾹 다물고 있었다. 자꾸만 이름을 묻는 경찰관에게 다솜 엄마는 이름을 거짓으로 지어 말했다. 이름이 생기자 서류가 만들어졌고, 고아원에 보내졌다. 수녀원에서 청소년기를 보냈고, 예의 바르고 건강하게 자랐다. 아이는 그렇게 어른이 되었고, 결혼을 하고 아이를 낳고 행복했다.

그런데 이 행복한 때에 몸이 아프고 마음이 힘들었다. 마음은 빙빙 돌고 몸이 하도 아프니 운동을 해 볼 요량으로 동네 수영장에 등록해 발차기부터 시작했다. 물은 묘하게 다 감싸 안아 주었다. 태어나 한 번도 해 보지 못한 응석과 투정을 물에 다 풀었다. 그렇게 한바탕 물속에서 몸부림을 치고 났더니 살 것 같았다. 등 떠밀려 수영 대회도 나갔는데, 각종 대회에서 메달을 목에 주렁주렁 걸게 되었다.

급기야 한강 수영에도 도전했다. 한강에 처음 나갔을 때는 앞이 안 보이는 강물에 들어간 두려움 때문에 보트에 구조되어 강 밖으로 나와야 했다. 그랬던 사람이 다음 해 겨울 바다에서는 오그라드는 손발로 헤엄을 쳤고, 그다음 해는 남녀 혼성 바다 수영 대회를 "올킬했다."고 자랑한다.

수영 얘기를 할 때 다솜 엄마는 반짝반짝 빛난다.

"바다 수영은 생존 본능에 강해요. 실내 수영장은 자기 라

인만 헤엄치면 되잖아요. 바다 수영은 선수들끼리 부딪치고 팔꿈치에 맞고 차이고 물속에서 잡아당기고 난리도 아니에요. 게다가 파도까지 덮치고……. 정신없이 헤엄쳐야 살아요."

정신없이 살아 낸 다솜 엄마의 삶. 바다 수영을 하면서 어깨도 넓어지고 마음에 바다가 안겼다.

다솜 엄마는 최근에 이름을 또 한 번 고쳤다. 과거를 숨긴 채 경찰서에서 대충 지은 이름을 버리고, 사랑받고 행복한, 지금 지은 이름으로 살아가기 위해서다.

만약 그 개가 담을 넘지 않았더라면 어떻게 되었을까? 다솜 엄마가 그 집에서 도망치지 않았다면 어떻게 되었을까? 이름을 새로 짓지 않았더라면, 수영을 시작하지 않았더라면 어떻게 되었을까?

나는 응원한다. 무엇을 하든 아름다운 다솜 엄마를! 아니, 수정 씨를!

그림책은 힘이 세다

오랜만에 '왕비님'을 만났다. 십 년 전 독서 모임을 함께 하다 이사로 멀어졌는데, 이만큼 시간이 지나고 만나니 또 뭔가 새롭다. '왕비님'이 아니라 개구쟁이 마녀 같다. 그동안 무슨 일이 있었던 걸까?

'왕비님'은 독서 모임 할 때 스스로 지은 별명이다. 시부모님과 남편 수발에 두 아들 키우며 시녀처럼 사는 자기 처지와 반대인 별명을 짓고 싶다 했다.

우리가 못 만나는 사이, '왕비님'은 주택가 놀이터 앞 작은 공간에 이상한 소굴을 만들었다. 궁금해서 가 보니 그림을 가르쳐 주는 곳이라는데, 그림은 없고 온통 책이었다. 곳

곳에 아이들이 작업한 재미난 조형물과 그림들이 붙어 있지 않았으면 그림책 서점인 줄 알았을 거다. 한눈에 봐도 허투루 고른 책들이 아니고, 좋은 안목으로 심혈을 기울여 선택한 책들이었다.

'왕비님'은 더 늦기 전에, 그림책 《도서관》에 나오는 엘리자베스 브라운처럼 살고 싶다고 했다. 엘리자베스 브라운은 책을 아주 사랑하는 사람이다. 책을 읽느라 밖에 나가 놀거나, 연애를 하는 건 생각도 못 한다. 길까지 종종 잃는다. 그런데도 엘리자베스 브라운은 행복하다. 책과 함께 사는 것이 너무 좋으니까. 그러다 보니 집에 책이 가득 차게 되었고, 더 이상 책을 들여오지 못할 지경에 이른다. 그러자 엘리자베스 브라운은 자기 집을 통째로 도서관으로 기증한다. 이제 엘리자베스 브라운은 친구네 집으로 옮겨 가 도서관, 그러니까 옛날 자기 집으로 책을 보러 다닌다.

'왕비님'도 자기만의 공간에서 날마다 책을 읽는다. 아이들에게 그림을 가르쳐 주고 책도 읽어 준다. 놀이터 앞이니 아이들이 사랑방처럼 드나든다. 시도 때로 없이 와서 책을 읽어 달라고 한다. 아이들은 '왕비님'이 책을 읽어 주면 더 재미있고, '왕비님'이랑 그림을 그리면 더 신이 난다고 한

다. 아, '왕비님'은 얼마나 행복하실까.

'왕비님'은 지난 십 년 동안 그림책을 보면서 울고 웃었다. 덕분에 시녀 같기만 했던 삶도 많이 달라졌다. 이제는 거추장스러운 왕관을 벗고 '선영 씨'로 제대로 돌아온 것 같다.

그림책은 요란하고 시끄럽게 말하지도, 억지로 가르치지도 않는다. 혼자 저절로 변하게 한다. 그림책은 정말 힘이 세다.

흔들리며 살아 보자

대안 학교 선생님 '풀꽃'에게는 가슴으로 낳은 씩씩한 큰딸과 새초롬한 작은딸이 있다. 아이들이 유치원 다닐 때쯤 아이들에게 입양 사실을 알렸다. 서로를 넘치게 사랑하고 있었던 이들 모녀들에게는 그 사실이 별로 큰일이 아니었다. 아이들에게 너무 일찍 알려 준 게 아닌가 싶었는데 다시 생각해 보니 다 커서 알게 되면 더 혼란스러울 수 있겠다 싶기도 했다.

그러던 어느 날, 큰아이가 꿈을 꿨는지 자다 일어나 그러더란다.

"진짜 엄마가 문밖에서 기다리고 있어. 만나러 가야 해.

근데 혼자는 못 가겠어. 그러니까 엄마가 같이 가 줘."

또 한번은 한 열 살쯤 되었을 때인가 아이가 잘못을 해서 혼을 냈더란다. 그런데 아 글쎄, 아이가 집을 뛰쳐나가면서 이렇게 말했다!

"나, 진짜 엄마 찾아갈래! 엄마, 미워!"

마음 여린 '풀꽃'은 가슴이 얼마나 철렁했을까. 아빠는 집을 뛰쳐나가는 아이 뒤를 쫓아가며 사진을 찍었다. 말리지는 않고, 참 이 집 아빠도 보통 아빠는 아니다. 아무튼 그렇게 사진을 찍어 놓고 보니 사진이 온통 다 흔들렸더란다. '풀꽃'은 그랬다.

"다 흔들리며 사는 거야."

아이는 흔들리며 세상으로 달려 나가고, 엄마는 흔들리며 자라나는 아이의 뒷모습을 지켜보며 믿어 준다.

"나한테 같이 가 달라고 부탁한 거잖아. 그렇게 말해 줘서 고마웠어."

별 게 다 고맙네. '풀꽃'이야말로 엄마 중의 엄마다. 자라느라 흔들리는 아이를 그대로 품고 보듬는 진짜 엄마다.

예쁜 것만 기억하는 귀여운 엄마

내가 아는 엄마들 중에 귀엽기로는 무조건 일등인 우성 엄마. 엄마를 닮아 그런가, 아들 둘도 하나같이 예쁘고 귀여웠다.

집도 아기자기 꾸미고, 아이들도 예쁘게 키웠다. 아이들 티셔츠, 양말, 운동화까지 색깔 맞춰 입히고, 손님이 오시면 인사도 잘하게 하고, 바이올린에 피아노까지 척척 연주하게 했다. 주일엔 신부님을 도와 새벽 미사를 보좌했다. 참하고 바르게 크는 녀석들이 이 엄마의 자부심이었다.

그런데 사내아이들의 귀여움에는 유통기한이 있다. 열다섯 살이 넘어가기 시작하면 '귀여움'이라는 장르는 상하기

시작한다.

큰아들은 일찌감치 입으로 연기를 피워 대는 재주를 익히셨다. 술이 인체에 끼치는 영향을 몸소 연구하는가 하면, 국방의 의무를 미리 수행하시는지 날마다 온라인 게임 저격수로 실력을 연마했다. 바이올린과 연필은 다 버렸고 뜻있는 가출을 일찌감치 감행하기까지 했다.

작은아들 역시 눈에서 레이저를 발사하는 신기술을 장착하셨으니, 특히나 시험 기간엔 몇 배로 증강한 실력을 보여주었다고 한다.

온 동네와 이웃 동네, 강 건너 나까지 다 알고 있는 그 '귀여운' 아이들의 만행을 아는지 모르는지 우성 엄마는 주변 엄마들에게 "우리 아들들은 성당 복사까지 했어요."라며 여전히 아이들 자랑을 한다.

어쩌다 핸드폰 사진을 보았는데 큰아들이 군대 갈 나이가 되었는데도 아이들 어렸을 때 사진만 들어 있다.

아이들 유치원 때 사진, 큰아들 중학교 입학 사진, 하얀 복사복 입은 사진, 그리고 자기 사진 두 장.

여전히 귀엽고 예쁘시네. 예쁜 것만 좋아하고 기억해서 예쁜가. 화내는 것보단 낫네.

내가 엄마로만 보이니

김지연. 김지영. 이효진. 양춘자. 양말례. 장혜정. 김언화.
김현집. 유효영. 고자임. 이순화. 문미경. 이인선. 전정미.
엄정원. 지경애. 소윤경. 문영숙. 허은순. 이경근. 모혜정.
풍미화. 김성은. 신향연. 이미경. 장수연. 이분이. 김영미.
김은자. 김명자. 김영자. 김은주. 윤재인. 배지현. 박수복.
권기현. 노선화. 남현주. 박은진. 이은아. 신인수. 심명자.
여희숙. 최금란. 오정원. 배은진. 양수정. 양희정. 김현정.
임형진. 신선주. 김영희. 장문선. 조봉희. 최미영. 김남희.
김형정. 정종희. 정효숙. 조수정. 조희정. 박서영. 김남연.
최향랑. 박민강. 김희경. 김미경. 김옥주. 전선영. 전수진.

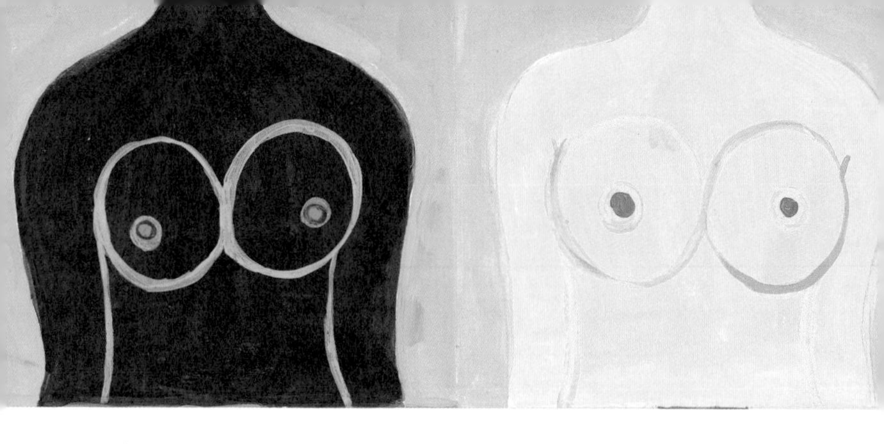

강영란. 우혜정. 김선미. 김윤경. 김윤정. 나유미. 남주현.
박민선. 박연혜. 배명숙. 백화현. 변준희. 신혜선. 강희진.
서지현. 강선미. 이원희. 이경숙. 이숙경. 최연정. 김민정.
안수진. 황유빈. 홍성주. 이예리. 이윤정. 이정미. 전미경.
강태숙. 양미정. 윤은정. 차현정. 김민영. 최경화. 홍영애.
추명화. 한승희. 서주원. 정난아. 함소정. 이정은. 김성숙.
윤수경. 우지흔. 최윤경. 김희경. 권현희. 오민정. 한미경.
박윤미. 송춘미. 백선의. 이정혜. 조가희. 허서연. 김현정.
이현지. 엄효용. 김은월. 김수현. 박소희. 문순옥. 박혜진.
최영란. 신정화. 김동헌. 팽혜영. 김경희. 김명희. 이종화.

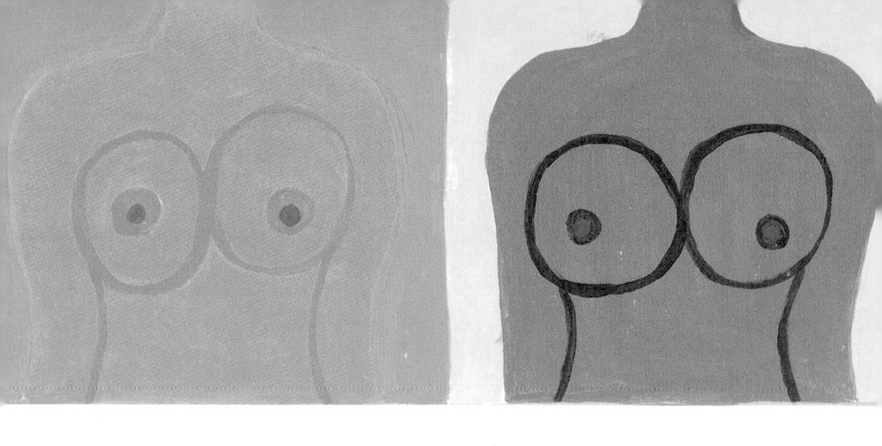

오혜자. 이은주. 백영숙. 한연숙. 김순옥. 천강희. 김은현.
변서영. 박면희. 변원미. 김송이. 조수현. 서혜승. 홍은지.
조연호. 이정미. 조원경. 이지은. 이은혜. 신양희. 조수정.
백혜란. 신상희. 백지혜. 장지혜. 김정현. 임지영. 조희령.
김숙경. 최혜정. 하보연. 한영화. 조수연. 최현이. 김성희.
오윤혜. 김희정. 김민성. 김미란. 우수정. 예수정. 박성희.
최윤미. 배영주. 김현영. 박세진. 양나심. 김아영. 조혜선.
이남경. 김정희. 현은주. 김효순. 이경순. 이소영. 강은영.
문정원. 신현정. 윤은경. 천현주. 지은. 이영. 난주.

친구와의 대화 1

월요일

어제는 왜 통화가 안 되었니?

엄마네 김치 가지러 갔다 왔어.

얼마 전에 한쪽 젖꼭지에서 뭔가가 나오더라. 괜찮아졌나 싶더니 어제 만졌는데 가슴 밑에 혹? 암튼 딱딱한 게 있음. 이거 병원 가 봐야 하나?

배란기야?

아니. 며칠 두고 볼까?

병원 갔다 와, 지금 당장. 바로!

수요일

초음파 했더니 젖이 온통 혹 주머니야. 왼쪽 가슴 유즙 나오는 거랑 성분 검사랑 피검사, 글고 제일 큰 혹 조직 검사했어. 크기가 커서 암이든 아니든 수술은 해야 한대. 갑상선에도 대여섯 개 있는데 물혹이라 크기 커지나 지켜봄 된다고.

목요일

조직 검사 했다고 가슴이 온통 멍이야.
염증 생기지 말라고 항생제 주사에 약을 들이붓는다.

멍에는 안티프라민이지, 침 바르던지,
'아까징끼'를 바르거나, 헤헤. 별일 아니니 걱정 마라. 걱정 마.

금요일

병원에서 전화 왔어. 결과 나왔는데 정상 아니라고 낼 보호자랑 결과 들으러 오란다. 더러운 팔자.

토요일 아침

나쁜 소식. 암이래. 좋은 소식. 초기라 혹만 떼면 된대. 담주 외래 보고 이번 달 중에 수술하래.

다행 다행 천만다행이다.

있지. 그때 J랑 안 사귀길 잘했드라.

왜?

걔는 뇌출혈. 나는 암.

토요일 저녁

지금 “혼술”해.

미친! 너, 암인데 술을 마시니?

있지. 난 늘 바쁜 네가 먼저 암 걸릴 줄 알았어.

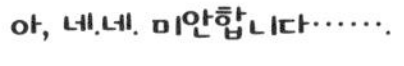

먼저 암 걸릴 것 같던 나는 먼저 암 걸린 그 친구에게 물심양면으로 봉사하고 있는 중이다.

Ghana

2부

육아에 비법 따위가 어디 있어!

마법의 책 갖기

푹푹 찌는 여름밤 선미 언니가 무시무시한 저주 이야기를 했다.

언니는 어느 날 베스트셀러인 영어 학습법 책을 읽었단다. 책대로만 하면 아이가 영어를 잘 할 것 같아 책에서 하라는 대로 아이에게 영어 공부를 시켰다. 그러나 날마다 아이와 싸웠다. 아이는 영어 공부가 싫다며 울고불고 난리도 아니었다.

영어를 포기할 때쯤, 언니는 인문학 강연을 듣게 됐다. 먼저 사람부터 만들자는 깨우침을 얻었다. 그러나 아이는 깨우침 따위 받고 싶지 않았다. 언니가 시킨 건《논어論語》필

사였는데, 아이는 그저 논에 사는 물고기〔논어魚〕 같아 보였다.

《○○네 공부법》,《우리 아이 이렇게 키웠다》,《초등 ○학년 평생을 결정한다》,《엄마랑 ○○ 아빠랑 ○○》,《똑똑한 아이 ○○부터 다르다》 같은 책은 차라리 안 보는 게 낫다. 부모 교육 강연을 들으면 왜 나는 안 될까 고통스럽다. 우리 아이만 뒤처지는 것 같고, 강연을 들으러 온 엄마들 모두가 경쟁자 같다. 그런 거 듣고 오면 아이만 괴롭다.

《일주일 만에 ○○하는 법》,《회사에서 ○○하는 법》,《돈 버는 ○○○》,《○○○의 자기 계발》 같은 자기 계발서들은 또 어떤가. 이렇게 친절한 책이 많은데도 내내 이 모양 이 꼴인 걸 보면, 아무래도 나 자신한테 문제가 많은 모양이라고 체념하게 된다. 그렇게 상처받은 마음을 스님이나 철학자의 책으로 위안을 얻는다.

선미 언니 말대로, 이런 건 힐링이 아니라 저주다. 그런데, 그걸 푸는 방법은 의외로 간단하다. 누군가의 방법이나 조언이 아니라 자기만의 방법을 찾으면 된다. 마법사들은 자기만의 마법서가 있다. 남들이 알려 주는 것 말고, 오랜 시간 체험하고 갖은 고생 끝에 얻은 것만이 진정한 '비법'

이 될 수 있다. 엄마 또한 '갖은 고생'을 해야 저주에서 풀려날 수 있다.

다행히 선미 언니는 아이가 고등학생이 되자 곧 저주에서 풀렸다. 아이가 더 강력한 마법으로 대응하기도 했지만, 그런 책 같은 거 보지 않아도 잘 자랐기 때문이다. 그나저나 이 언니의 둘째가 초등학교에 입학했는데, 첫째 때보다 더 많은 비법서들이 쏟아져 나와 있는 요즘엔 괜찮은가 모르겠다.

딸 엄마, 아들 엄마

딸 엄마가 하교 시간 맞춰 딸 마중을 나간다.

교복을 입은 남자 고등학생들 몇몇이 오면 다 깡패같이 보인다.

아들 엄마는 남자 고등학생만 보면 "아이고, 내 새끼들! 배고프겠네." 한다.

교복 입은 여자 고등학생들이 몇몇 지나가면 다 불여우 같아 보인다.

딸 엄마는 내 딸이 나처럼 안 살기를 바란다.

아들 엄마는 내 아들이 나 같은 여자를 만나길 바란다.

딸 엄마는 딸의 사춘기 때문에 면도칼에 심장을 베인 것 같다.

아들 엄마는 사춘기 겪는 아들이 뉴스 사회면에 나올 것 같아 무섭다고 한다.

딸 엄마, 아들 엄마 누가 더 나을까?

딸도 아들도 다 있는 엄마는 이 장단 저 장단 맞추느라 허리가 휜다더라.

딸이면 어떻고, 아들이면 어때.

내가 엄마가 되다니 운이 좋다.

자식은 문 밖에 두고

거의 날마다 통화하는 친구 혜정이. 그러기를 27년이다. 이 친구는 미술 치료 센터 원장인데, 아이가 끼적이는 그림이나 말, 행동 같은 비언어적 표현 뒤에 숨은 뜻이 무엇인지 알아내는 것이 일이다. 그러니 제 아이의 내면 역시 손바닥처럼 훤하다.

나 역시 미술 교육을 하며 아이들을 20년 넘게 만나다 보니 아이들 특성이 너무 잘 보인다. 그런 얘기를 하면 주변 엄마들은 엄청 부러워한다.

"아이들이 그리 훤하게 보이니 자식들이 말썽을 피우거나 해도 대처법이 척척 있으시겠어요?"

그러나 이 친구도 나도 아이에게 내가 원하는 삶의 방식을 강요하거나 내 뜻대로 따라 주기를 바라지 않는다.

아이가 어떻게 살아도 그 삶을 존중하겠다는 것이다. 그러니 공부를 잘하고 못하고는 별로 중요하지가 않다. 다행히도 본인이 좋아하는 일을 하며 살면 좋겠지만 세상에 자기가 좋아하는 일을 하는 사람이 몇이나 되겠는가. 아이가 충실하게 만들어 가는 삶을 지지하고 격려하는 것만이 혜정이나 나나 제일 잘하는 것이다. 우리끼리 아이 흉은 보지만 그저 그 선에서 끝낼 뿐, 아이에게 뭐라 하지 않는다. 혜정이와 내가 날마다 하는 통화에서 아이 이야기는 거의 없다. 주로 우리 각자의 이야기를 한다. 오늘 암벽을 얼마나 올라갔는지, 내가 읽은 책의 구절을 녹음해서 들려주고, 어젯밤 꿈 이야기를 하고, 왜 내가 결혼한다고 했을 때 말리지 않았었냐고 뜬금없는 질문을 하기도 한다.

물론 혜정이는 특별한 경우다. 대부분은 통화를 해도 자기 이야기는 잘 하지 않는다. 입만 열면 늘 자기 딸 혹은 자기 아들 이야기만 한다. 물론 나도 내 친구들의 아이들이 다 예쁘다. 그러나 아이들 이야기만 하다 전화를 끊고 나면 허탈하다. 나는 내 친구의 아이가 아니라, 내 친구의 삶이 궁금하다.

"제발 우리끼리 만날 때는 자식은 문 밖에 세워 두자."

그게 힘들면 엄마가 문 밖에 잠시 나가 있는 것도 좋겠다. 어느 쪽도 나는 괜찮다.

왼손을 지키는 법

뭣 좀 해 먹으려면 싱크대 위가 난리가 난다. 식재료는 물론이고 칼이며 도마, 냄비 같은 주방 기구들도 즐비하다. 뭘 해 먹느냐에 따라 식재료는 그때그때 달라지지만 주방 기구는 아니다. 그러니 되도록 좋은 것을 선택하고, 손에 잘 길들여야 요리가 덜 힘들다.

주방 도구들 중 나는 칼과 가위를 좋아한다. 특히 손잡이의 곡선과 칼날의 직선이 잘 어울리는 가위가 마음에 든다. 은빛으로 빛나는 스테인레스 스틸 가위를 볼 때면 감탄이 저절로 나온다.

그러고 보니 내 책상에도 칼과 가위가 많다. 아이들이 어릴 때 쓰던 가위부터 다양한 모양과 크기의 가위가 잔뜩 꽂혀 있다. 그 밖에도 꽃가위, 재단용 가위, 종이 공예용 가위, 에펠탑 모양 가위, 스크랩을 위한 30센티미터 가위, 대장간에서 만든 엿가위 등등 종류도 다양하다.

그 옆에는 조각도가 상자 몇 개를 가득 채우고 있다. 다어마무시한 칸들이다. 도구가 좋아 그런가. 조각도와 가위로 멋진 작품을 만들고, 칼로 요리를 만들어 내놓으면 모두가 찬사를 보낸다. 하하. 좀 쑥스럽구만.

결과물은 그렇지만 막상 내가 작품을 만들거나 요리하는 모습을 곁에서 지켜보면 말이 달라진다. 무섭단다. 도구를 사용하는 게 너무 서툴러 보여 금방이라도 다칠 것 같단다. 내가 왼손잡이기 때문이다. 엄마의 잔소리 덕에 글씨는 오른손으로 쓰지만 다른 건 모두 왼손을 쓴다. 왼손 못 쓰게 하려고 붕대를 칭칭 감고 테이프까지 붙여 둔 것을 이로 끙끙 풀어 왼손을 고집한 덕분이다. 왼손잡이여서 밥 먹을 때 자꾸 옆 사람과 부딪히니 자연스레 구석자리에 앉게 됐다. 누구랑 악수할 때도 어느 손을 내밀어야 하나 꼭 한 번씩은 더 생각해야 한다. 배드민턴이나 탁구처럼 서로의 방향이 맞아야 하는 운동에서도 나는 별로 환영받지 못했다. 게다가 어릴 때는 키도 훌쩍 커서 늘 맨 뒷자리였다. 이런저런 결격 사유가 많았던 나는 내 몸이 어딘가 잘못됐다는 생각을 하며 어른이 되었다.

언젠가 다윤 엄마가 해외여행 다녀오는 길에 선물을 사 왔다. 멋진 왼손잡이용 가위였다. 왼손잡이용 가위가 있다는 걸 그때 처음 알았다. 그런데 왼손잡이용 가위가 있다는 사실보다 더 놀라웠던 건 왼손잡이인 내가 그 가위를 쓸 수 없다는 사실이었다. 왼손잡이면서도 오른손잡이용 도구들에 몸을 맞춰 나만의 사용법을 익힌 탓이었다. 분명히 왼손잡이인데도, 왼손잡이용 가위는 내게 몹시 불편했다. 오른손잡이용 가위를 왼손에 맞춰 쓰면서 익힌 사용법 때문에 정작 왼손잡이용 가위로는 종이를 원하는 모양으로 자를 수가 없었다. 나는 지금까지 왼손으로 오른손잡이의 삶을 살아온 것이다. 그게 불편한 줄도 모르고 말이다.

선물받은 가위를 도저히 쓸 수 없어, 왼손잡이 어린이에게 다시 선물로 주었다.

"너는 꼭 네 왼손을 지키렴."

세상에 그런 일이 얼마나 많을까. 우리 주변의 장애인을, 성 소수자를, 희귀 질환자부터 더 크게는 문화 · 인종 · 민

족적 구별을 하는 차별들로 얼마나 많이 소외되었을까. 보편적인 삶의 방식을 벗어나 끊임없이 새로운 자아와 가치를 찾는 사람들 또한 그랬겠지.

부엌에서 오른손잡이용 칼을 왼손으로 잡고 칼질을 하다 말고 생각한다. 인간의 고독을, 사랑을, 평화를, 공존을…….

"또 딴생각 중이군."

찌개가 보글보글 잔소리를 한다.

엄마를 벌레로 만드는 건

《82년생 김지영》을 읽은, 사십 대에서 육십 대 남녀 다섯 명이 함께 이야기를 나눴다. 주인공 지영 씨는 아기 낳기 전까지 사회생활 열심히 했고, 지금은 아이 키우느라 애쓰는 평범한 엄마다. 어느 날 커피 한 잔 마시다가 지나는 남자 회사원들에게 '맘충'이란 손가락질을 받는다. 그게 도화선이 되어 다른 이의 인격을 받아들여 자기 진심을 이야기하는 상황에 이른다. 그러니까 흔히 이야기하는 '미친 여자'가 되고 만다는 슬프고 씁쓸한 이야기다. 우리 때는 이런 생각조차 못 했다, 제도가 이 문제를 해결할 수 있을까, 이건 비단 엄마들 이야기가 아니라 지배 권력 아래에 있는 모든 사람들 이야기다, 내 이야기 같다, 그날 말없는 지영 씨를 한가운데 뉘여 놓고 말들을 쏟아 냈다.

어쩌다 우린 '엄마 벌레'가 되었을까?

얼마 전 급한 일을 밖에서 처리하느라 늦은 점심을 먹으러 중국집에 갔다. 밥 때가 아니라 손님이 나 혼자여서 미안할 정도였는데, 마침 아기를 안은 젊은 엄마와 할머니 한 분이 들어왔다. 할머니가 아기를 안고 나가며 파리한 젊은 엄마한테 말한다.

"어여 먹어. 맛있는 것 먹어."

젊은 엄마는 먹고 싶은 것이 많아서 고르기가 힘든지, 입맛이 없어서인지 한참을 망설이며 종업원에게 미안하다고 한다. 마침내 음식을 주문하고 두어 술 떴을까, 할머니가 안고 나간 아이가 우는 소리가 들린다. 엄마가 나가서 아이를 어르는 동안 할머니도 주문을 하고, 두 사람은 각자의 밥을 한 술씩 뜨고 번갈아 아이를 안으며 식어 버린 밥을 겨우겨우 먹었다.

나도 아이들 키울 때 앉아서 먹은 밥보다 서서 먹은 밥이 더 많다. 볼일 볼 때도 문 열고 쌌다. 내가 별스런 것이 아니라 아이들을 그렇게 돌봐야 하는 시기가 있다. 내 아이 둘에 조카까지 셋을 볼 때였는데, 하루가 정말 어찌 가는 줄 몰랐다. 밤에는 녹초가 되었지만 힘들다고 투정 부릴 수도 없었다. 나는 엄마니까. 세 아이 모두 천 기저귀 빨아 가며 키웠고, 이유식도 내 손으로 다 해 먹였다. 하나는 포대기로 등에 업고, 하나는 유모차에 태우고, 하나는 손잡고 공원으로, 도서관으로, 시장으로 참 많이도 끌고 다니며 키웠다. 지금 생각하면 어떻게 그랬나 싶다.

'노 키즈 존'이 점점 는다. 뉴스에 나오는 몰지각한 몇몇 엄마들 때문에 그렇게 되었단다. 물론 식당에 가면 눈살을 찌푸리게 만드는 아이들이 보일 때가 있다. 떠들고 뛰어다니고 위험하게 논다. 그러면 누구라도 가르치고 앉혀서 같이 밥 먹으면 안 되나? 다른 것도 아니고 밥인데.

'노 키즈 존'이 는다는 소리를 듣고 '엄마랑 아기랑 식당'을 만들고 싶다는 생각을 했다. 애 보느라 힘 떨어진 엄마랑 씩씩하게 커야 할 아기를 위해 균형 잡힌 식사와 영양 가득 이유식을 함께 파는 식당 말이다. 식당 한켠에서는 책이랑 반찬도 파는 거다. 여기서 먹는 밥은 집에서 먹는 거나 다름없이 안전하고 깨끗하게 만든다. 하루 한 번 이상은 여기서 밥을 먹고, 그렇게 생긴 힘은 나대는 데 쓰자.

엄마를 벌레로 만드는 그 사람이 바로 벌레다.

1학년 편지

엄마, 날 나아* 줘서 고마워.

밥해 줘서 고마워.

난 엄마한테 혼날 때도

엄마를 사랑해.

못 믿겠어?

꿈꿀 때도 사랑해.

나는 엄마가 무슨 짓을 해도

사랑해. 알겠지?

사랑해.

작은애가 여덟 살 때 내게 써 주었던 편지다. 꾹꾹 눌러 쓴 삐뚤빼뚤 글씨가 예뻐 냉장고에 붙여 두었다. 도대체 내가 그때 무슨 짓을 했길래 이런 편지를 써서 준 거지? 혼낼 때도 엄마를 사랑한다고 했는데 그 마음 변치 마오! 이런 사랑이 또 어디 있으리오!

* 낳아. 아이가 쓴 그대로 두었다.

기뻐서 방방

아이들이 방방에서 튀어 오른다.

높이 높이.

겨드랑이에서 웃음이 분사되어 방방 날며 깔깔 웃는다.

기뻐서 한시도 가만있지 못한다.

기쁨이 가득 차서 방방 뛰고 날아오르나 보다.

엄마도 중력을 거스르고 싶다.

나도 방방에서 마구 튀어 오르고 싶다.

처지지 말 것. 엄마니까.

엄마가 처지면 온 지구가 처진다.

꼬리들을 다 올리자.

기쁨을 채워 입 꼬리, 눈 꼬리, 여우 꼬리, 다 올리고 방방!!

친구와의 대화 2

미안합니다 2

내가 그림을 못 그리는 이유는 그림 그릴 시간이 부족해서야. 그림을 못 그려서가 아니라.

다른 예술가는 시간이 남아도나? 너는 예술가가 어찌 그 모양이냐? 그러니 네 작품이 임팩트가 부족한겨. 사랑을 해라. 그럼, 예술이 절실할 거다. 사랑이란 나를 놔 버리는 거야.

나는 나를 너무 놔 버렸다.

아까 녹음 파일, 책 읽어 주니 좋더라. 위로받는 느낌이었어.

그치? 내가 자주 녹음해서 보내 줄게.

네 목소리엔 치유의 힘이 있어.

애들한테 맨날 무시당하는걸.

내가 인정한다. 날 살리고 있어.

넌 내 지음이잖아. 우린서로 부정하는 순간 망하는 거야.

네가 남자라면…….

오! 노! 거기까지! 그것만은 안 돼. 내가 여자 할 거야.

아, 미안합니다.

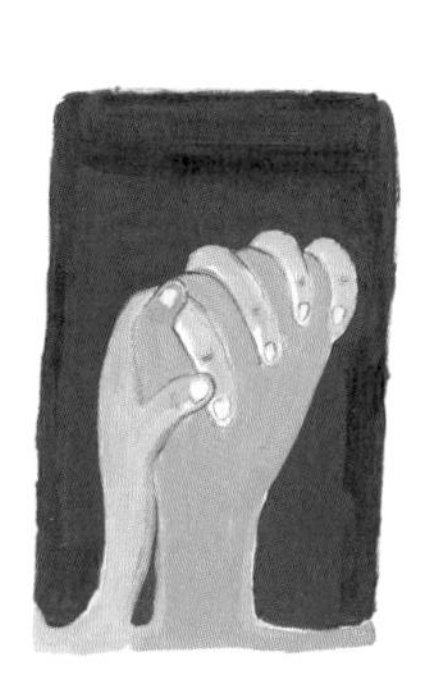

3부

나는 날마다 새롭게 반한다

대답하지 마

"우리 애들은 엘리베이터에서 어른들한테 인사를 안 해. 앞집 애들은 인사도 잘하고 싹싹한데."

남편의 말에 속으로 뜨끔했다.

애들 어릴 때부터 이렇게 가르쳤다.

"어른이 물어도 대답하기 싫으면 대답하지 마. 인사하기 싫으면 인사도 하지 말고."

남편이 알면 '네가 또 애들을 망치는구나.' 잔소리를 할 일이다.

엘리베이터는 아주 좁은 공간이다. 이런 밀폐된 공간에 있으면 아는 사이라도 답답하고 어색하다. 특히나 어른과 아이 둘이 있으면 열에 아홉은 어른들이 아이에게 이렇게 말을 건다.

"너 몇 살이니? 이름은? 몇 호 사니? 공부는 잘하니?"

궁금하지도 않으면서 자꾸 어색하게 묻는다. 별 관심도 없는 이야기로 어리고 약한 아이를 집적거리는 어른들이 꼭 있다.

"아줌마 몇 살이에요? 이름이 뭐예요? 몇 호 사세요? 돈은 많이 벌어요?"

어른한테는 이렇게 묻지 않는다. 실례라는 걸 알기 때문이다. 엘리베이터에서는 그저 가벼운 목례, "안녕하세요?", "좋은 아침입니다." 정도만으로 충분하다. 그 정도로도 어색함은 평화로 바뀐다.

진짜 이름이 궁금해서 묻는다면 왜 그런지 이유부터 설명하거나, 자기가 누군지부터 밝힐 거야. 아니면 '저번에 너 혼

자 쓰레기도 잘 버리던데, 몇 학년이니?' 하고 묻는 사람이라면 대답해도 좋아. 관심이 있다는 거니까. 그런 게 아니고 그저 어색해서 너한테 의미 없는 질문을 하는 거라면, 대답하기 싫다면 대답하지 마. 어차피 그런 사람은 네 이름을 기억도 못 해. 어른이라고 다 진짜 어른이 아니야. 하라는 대로 다 하면 안 돼.

바보 같은 어른들 때문에 너무 많은 아이들을 잃었다.

얼마 전 술 취한 어떤 아저씨가 엘리베이터에서 큰애한테 주정을 했다. 며칠 뒤 그 주정했던 아저씨가 엘리베이터 문이 막 닫히려는 찰나 저 멀리서 헐레벌떡 뛰어오더란다. 큰애는 망설임 없이 버튼을 꾸욱 눌렀다.

그게 열림 버튼이었을지, 닫힘 버튼이었을지는 뻔하다. 내 아들이니 당연하다.

돈방석

어쩌다 보니 가방에 현금 백만 원이 들어 있었다. 오만 원짜리가 나오기 전이었다. 집에 와 보니 남편은 큰방에서 텔레비전을 보고 있고, 아이들은 각자 제 할 일 하고 있었다. 아이들을 조용히 작은방으로 불렀다. 그러고는 말했다.

"뿌려 봐."

애들이나 마흔 넘은 나나 현금 백만 원을 손에 만져 본 적은 그때가 처음인 것 같다. 그러니 어디 한번 신 나게 놀아 보자꾸나! 처음에는 이래도 되나? 우리 엄마 또 왜 이러시나? 미심쩍어 조심하던 아이들도 얼마 안 가 낄낄거리며 돈을 마구 뿌리고, 돈 위에서 데구르르 구르고, 돈을 긁어모아 돈방석 위에 앉고, 난리 부르스였다. 한바탕 신 나게 놀았다.

안방에서 텔레비전 보시는 분은 금기 사항이 아주 많다. 들키면 '네가 또 애들 데리고 미친 짓을 하는구나' 욕을 먹을 테니, 입을 막고 배를 쥐고 웃어 가며 놀았다.

실컷 놀고, 옷가지랑 이불이랑 책이랑 돈이 온통 뒤엉킨 작은방에서 돈을 주우니 96만 원이 나왔다. 몇 번을 세어도 96만 원이었다.

"이제부터 찾는 돈은 모두 줍는 사람이 임자!"

아이들도 나도 눈에 불을 켜고 벌집 쑤시듯 방을 뒤져서 각자 만 원씩 찾았다. 그런데 아무리 뒤져도 만 원이 나오지 않았다. 도대체 어디 있는 거야, 이 코딱지만 한 방에.

"애들아, 돈이 그렇다. 아무리 큰돈도 의미 없이 뿌리고 가지고 놀면 장난감이고 쓰레기야. 그런데 애써서 노력한 만큼 얻는 돈은 적어도 아주 기쁘지. 또 이 방 어딘가에 있는 건 알지만 다 가질 수 없는 것도 돈이야. 돈을 쫓지 말고 너희가 좋아하고 즐거운 일을 하면 돈이 너희를 따를 거야."

어찌 그 순간에 그리 멋진 말이 떠올랐는지.

아이들은 친구들에게 이런 이야기를 아예 꺼내지를 않는단다.

"애들이 그런 거짓말 같은 얘길 믿겠어?"

다음엔 마루에서 천만 원 뿌려 보자 했는데 아직 그건 못해 봤다. 벌써 7, 8년 전 일인데……. 말 나온 김에 올해 한 번 해 볼까나?

이형, 우리 언니 아닌데요

두 아이 모두 어찌나 머리 깎는 걸 싫어하는지 한동안 그냥 내버려 뒀다. 머리 길다고 뭐 큰일 날 리 없으니까. 그랬더니 차마 웃지 못할 일들이 생긴다. 경주로 가족 여행 갔을 때 일이다. 어떤 아주머니가 둘째에게 물었다.

"아이고, 예뻐라. 언니랑 몇 살 차이 나니?"

작은아이가 잠시 주저하더니 말했다.

"그런데 우리 언니 아닌데요."

"너랑 많이 닮았는데?"

"우리 형인데요."

그런 일을 겪고도 머리를 자르지 않았다. 그랬더니 이런 일이 벌어졌다.

작은아이가 학기말에 학교 홈페이지에 가입할 일이 있어 접속을 하는데 자꾸 오류가 났다. 학교에 전화했더니 담임 선생님이 알아보고 연락해 주마 했다. 얼마 후 연락이 왔다.

"어머니, 전학 올 때 머리가 길어서 행정실에서 여자 아이로 등록했대요."

우리 둘째는 그렇게 한 학년을 여자 아이로 다녔다.

그랬던 애들이 요즘은 보름에 한 번씩 미장원에 가서 머리를 깎는다. 화장실에선 수염도 깎는다. 오줌만 좀 앉아서 싸 주면 참 좋겠다.

올해의 생일 선물은 반말

큰아이가 열세 살 생일을 맞았을 때였다. 이제 곧 중학생이 될 테니, 지금까지와는 좀 다른 특별한 생일 선물을 해 주고 싶었다. 그동안 블럭, 축구화, 축구공, 만화책, 〈스타워즈〉 영화 시리즈, 음반들…… 아이가 원하는 것들을 맞춤으로 선물해 왔다. 그러니 이제 뭘 해 줘도 당연하다 여기고 별로 감동할 것이 없을 것 같았다. 어린이로 맞는 마지막 생일인데 특별한 것이 무엇이 있을까?

드디어 미역국 냄새가 온 집 안에 고소하게 퍼지는 아침!

"엄마가 아주아주 특별한 생일 선물을 준비했어. 세상 어디에도 없는 특별한 선물이지."

"선물 어디 있어? 어디다 숨겼어?"

"너의 열세 번째 생일 선물은 '반말'이야. 자정이 될 때까지 너에게 '야자타임'을 허하노라."

"뭐야, 그게 무슨 생일 선물이야? 반말이라니."

"지금부터야. 난 이미 선물을 줬어. 네가 쓰기 나름이지."

큰아이는 눈을 데굴데굴 굴리며 낄낄거리더니 금세 그 선물을 마구 써 댔다.

"알았어. 지연아! 나, 학교 가게 밥 좀 차려라."

"네, 네."

"빨리빨리 못 해! 내가 지각해서 선생님한테 혼나면 네가 책임질 거야? 야, 신주머니 갖고 와."

"네, 네."

"나 학교 다녀오실 테니 집 잘 보고 있어. 졸지 말고."

"네, 네."

학교 다녀와서도 아주 신이 났다.

"문 열어, 큰아들 오셨다. 너는 오늘 뭐했냐?"

"저 작업했는데요."

"이때까지 요것밖에 못했냐. 집중 좀 해라. 그래 가지고 작가 하겠냐."

"네, 네."

"야! 야!"

"네, 네. 왜 부르세요?"

"그냥 불러 봤다."

반말을 하느라 나에게 하루 종일 말을 걸어 주신 그분. 밤 11시 59분까지 "야! 야! 야!" 부려 먹고 내키는 대로 반말 실컷 하더니 열두 시 땡! 하자마자 신데렐라 마법 풀리듯, "엄마, 안녕히 주무세요." 하고는 제 방으로 쏙 들어갔다.

하루 종일 제 형 하는 꼴을 본 작은아이가 내 팔에 매달려 부탁한다.

"엄마, 내 생일 미리 하면 안 돼? 나도 반말 선물 줘, 난 지난달에 생일이어서 너무 오래 기다려야 한다고."

"기다려, 아주 오래 기다려. 그래야 특별하지."

나에게 반말하는 아이들은 우리 아이들만이 아니다.

내가 수업하는 아이들 중에는 나에게 "선생아~" 하고 부르거나 내 별명인 "지우개~" 해 놓고 반말을 하는 아이들이 잔뜩이다.

"선생아, 우리 오늘은 뭐해?"

"선생아, 선생아, 있지. 오늘 학교에 무슨 일이 있었는 줄 알아? 내 이야기 좀 들어봐 봐."

"지우개, 우리 수업 시간 늘려 줘. 미술 시간 너무 짧아."

"지우개, 밥 안 먹고 가?"

아이들이 반말을 한다고 눈을 흘기거나 큰소리를 낸 적이 없다. 아이들 눈을 보면, 그리고 목소리를 들으면 아이들이 나를 얼마나 사랑하고 존중하는지 다 안다. 다 커서도 막막 반말하고 친구하면 좋겠다.

오늘 길에서 누가 "야!" 하고 소리쳐 휘익 돌아봤다.

"저요?"

하고 대답할 뻔했다.

같이 자자

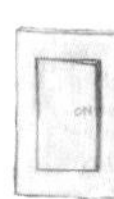

"엄마, 창녀가 뭐야?"

작은애가 아직 학교도 안 들어갔을 때였다. 무슨 책을 읽었는지, 책에서 봤다며 나에게 물었다.

"응, 몸을 만지게 허락해 주고 돈을 받는 여자야."

"그럼, 나 창남 할래. 엄마가 돈 줘."

내 손을 끌어다 자기 몸을 쓰다듬던 귀여운 녀석이 이젠 함께 술을 먹는 나이가 되었다.

아이들이 큰 뒤에는 밥 먹거나 화장실 갈 때 아니곤 얼굴 보기도 힘들다. 그래서 아이들이 집에 있을 때는 시도 때도 없이 불러 댄다. 아이들 방에도 뻔질나게 드나든다.

세탁물 갖다 주러 들어가고, "아이고, 형 거랑 바뀌었네." 하고 또 들어가고, 땅콩 주러 들어가고, 땅콩 먹고 목마를 것 같아 물 주러 들어가고, 귤도 갖다 주고, 뭐 물어보는 척하고 들어가고, 아까 물어본 거 까먹은 척하고 또 들어가고, 몇 시에 깨워 줄까 물어보러 들어가고, "잘 자라." 하고 또 들어간다.

엄마가 이렇게 귀찮게 구니 화낼 만도 할 텐데 우리 아이들 결정적 타이밍을 못 잡는다. 민첩하고 용의주도한 엄마는 문을 열고 들어서는 순간 귤을 내려놓고 놀라운 관찰력으로 아들을 스캔하며 문을 닫는다. 〈미션 임파서블〉에 나오는 톰 크루즈 빰치는 솜씨다.

뭐라고 지청구를 날리려는 순간 문이 탁 닫히니, 말들이 방문에 다 부딪쳐 버린다. 뭐라 하면 "뭐라고 했니?" 하고 다시 방문을 열 것을 아이들은 너무나 잘 아니 입을 다문다. 아니, 나를 내버려 둔다.

그런 날은 아이들 방에서 그릇이 엄청 나온다. 우리 애들 공부 못하는 것은 전적으로 내 탓이다. 엄마가 그러는데 집중이 되겠는가. 공부 못해도 좋다. 얼굴 한 번 더 보는 게 좋다. 내 곁에 있을 때 실컷 보고 싶고, 내 곁에 있을 때 잘해 주고 싶을 뿐이다. 나는 엄마니까.

아이들 생각하면 흐뭇하기도 하고 대견하기도 해서 잠이 안 오는 날이 있다. 안방에 뭘 가지러 온 작은아들에게 말했다.

“아들, 같이 좀 자자. 어릴 때는 엄마랑 같이 자려고 밤마다 떼 부리더니. 같이 자자. 같이 자자. 같이 자자. 응?”

엄마에게 단련된 아들은 아무것도 안 보이고 안 들리는 척 시침 뚝이다. 단호하게 눈도 안 마주친다. 아들에게 비장의 카드를 꺼내 던진다.

“엄마가 돈 줄게. 같이 자자.”

그래도 소용없다. 아이는 엄마에게 배운 용의주도 민첩함으로 방문을 탁 닫는다.

‘얼마면 되니?’란 말은 내 방 안에 저 혼자 왕왕 남아 방문 앞에서 서성인다.

돈으로 안 되는 것이 세상엔 아주 많다. 특히나 아주 귀한 것들은…….

오늘도 귀한 가르침을 주는 고마운 내 새끼들.

ON

네 일은 네가 알아서

작은애가 볼멘소리다.

“엄마, 학원 전화 좀 받아. 선생님이 너네 엄마 뭐하시냐고, 전화를 통 안 받는다고…….”

“엄마, 아파서 병원 계신다고 해. 네 공분데 내가 전활 왜 받아? 내가 전화 받으면 다시 너한테 뭐라고 해야 하잖아. 왜 일을 복잡하게 해. 그냥 네가 직접 들어.”

“한 번만 받아 줘. 수업 시간마다 나한테 와서 말해.”

기가 막히게 이때 전화가 왔다.

“오천 원 주면 전화 받아 줄게. 아들, 빨리빨리 오천 원~.”

“전화부터 받아.”

"선불이야."

아들은 우당탕탕 뛰어가서 오천 원을 가져온다. 귀하디귀한 일주일치 용돈인데, 그동안 어지간히 학원에서 잔소릴 들었나 보다.

"어머나, 선생님 안녕하세요. 호호. 아이를 보내 놓고 인사가 없었지요. 죄송합니다."

작은아이가 눈을 한 번 흘기고 제 방으로 간다. 그 뒤로는 그냥 잔소릴 듣고 마는지 전화 받아 달라고 하지 않는다. 오천 원이 무지 아까웠을 거다. 선생님과 무슨 대화를 나누었는지 기억도 나지 않는다.

거 봐, 전화 안 받아도 되는 거잖아.

"엄마, 내 방 한 번만 청소해 줘. 너무 더러워."

"네 방인데 내가 왜 청소를 해 주냐. 난 공공의 공간만 치운다."

큰아이 방은 누우면 사방 벽에 팔다리가 다 닿는데 치우기 싫어 실내화를 신고 다녔다. 그러다 드디어 한계가 온 모양이다.

"좋아 그럼, 오천 원 주면 방 한 번 닦아 주지."

"아, 너무해."
"그럼, 칠천 원에 두 번."
"약속 지켜야 해."
"염려 마. 아주 번쩍번쩍하게 닦아 줄게."

방을 닦는데, 정말 운동장이라도 닦는 줄 알았다. 얼마나 더러운지.

이후로 아들은 방에서 실내화도 안 신고, 방 닦아 달란 소리도 안 한다.

내 새끼들, 오천 원이 아깝기는 엄청 아까운가 보다.

울어 울어 막 크게 소리 내서 울어

작은애가 다섯 살쯤인가, 아이가 넘어져 우는 걸 보고 이렇게 말해 준 적이 있다.

"울어. 울어. 막 크게 소리 내서 울어. 아프면 참지 말고 엉엉 울어. 막막 울다 보면 괜찮아져."

어린아이니까 넘어지는 게 당연하다. 다시 일어나 걸을 때까지 도닥거려 주기만 하면 된다. 무턱대고 울지 말라고 할 게 아니라 울어도 된다고 말해 준다. 공공장소에서 아이가 큰소리로 울면 눈살을 찌푸리는 사람이 있을 수 있겠지만, 마음이 넉넉한 어른은 아파서 우는 아이의 울음소리를 노래로 들을 수도 있다!

좀 울면 안 되나. 속상하고 아프면 울 수도 있지.

인간은 눈물 주머니다. 그래서 촉촉한 마음을 지니고 산다. 그 안에 파란 눈물, 빨간 눈물, 형형색색의 눈물이 있다. 안타까운 이를 만나면, 단짝 친구와 오해가 생겨, 한없이 방황하는 사춘기를 겪으며, 사랑하는 이와 이별을 하며, 세상살이에 지치고 힘들어, 억울하고 절망스러워 울고 울고 또 운다. 얼마나 울 일이 많겠는가.

아이들이 세상살이에 지쳐 돌아와 기대어 흐느껴 울 때 안길, 따뜻하고 넓은 엄마 가슴이 필요하다. 아이들이 울 수 있는 가슴을 준비해야 한다.

한 살 아기의 울음은 말이다.

"우리 아가가 엄마한테 이야기를 하는구나. 배고프구나. 응가 했어? 잠이 오는구나. 엄마랑 놀고 싶어요?"

울음소리가 다 다르다.

일곱 살 아이에게 울음은 속풀이다.

"그렇게 울면서 얘기를 하면 무슨 말인지 알아들을 수가 없어. 그럼, 도와줄 수도 없어. 다 울고 나서 이야기해. 엄마가 기다릴게."

우는 아이 앞에선 잘 참고 기다렸다.

열다섯 살 아이에게 울음은 뜻 모를 이야기가 잔뜩 담긴 책이다.

"네가 눈물을 흘리는 걸 보면 엄마 마음이 많이 아파. 그렇지만 이젠 네 눈물의 의미를 네가 알아야 해. 네 분에 못 이겨 우는 건지, 아니면 울어야 할 까닭이 달리 있는 건지."

아이가 자기 눈물의 의미를 잘 알기 바랐다.

열일곱 살 아이에게 울음은 새로운 약속이다.

"속상하지? 엄마도 그래. 오늘까지만 울자. 내일은 또 다르다. 정말이야."

진심으로 그렇게 믿어 주어 고마웠다.

스무 살 아이에게 울음은 세상을 향한 발걸음이다.

"네 얼굴에 흐르는 눈물이 너를 위한 것이어도 좋지만 이제는 남을 위해 흘리는 눈물이 값지다는 것도 알았으면 해."

이 말은 아직 못 해 봤다. 이 말을 들으실 분이 술 먹고 안 들어오거나 내가 잠든 뒤에야 들어와서 말이다.

아이가 울면 나는 “울지 마!” 소리를 못 한다. “울지 마!” 해 놓고는 내가 먼저 울고 말 거다.

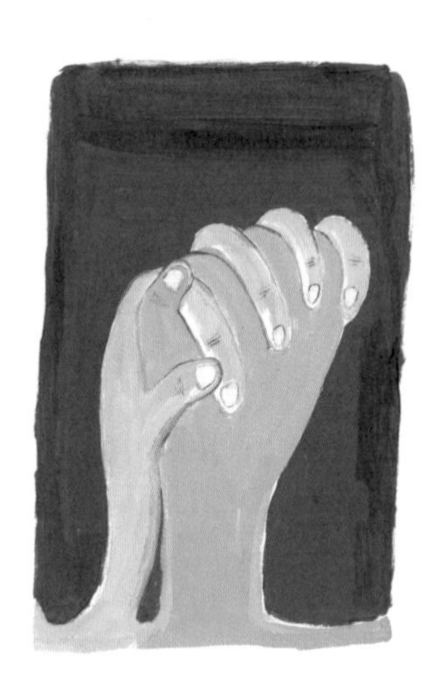

그럼에도 빛나는

그럼에도 빛나는 것들이 있다. 강가나 바닷가에서 유난히 반짝이는 돌멩이를 주워 보면 돌이 아니라 깨진 유리병 조각이 닳아서 납작해진 것이 있다. 그런 조각을 주울 때 나는 기분이 좋다. 색이 있어서도 그렇지만, 뾰족하던 것이 매끄러워져 특별한 돌멩이처럼 보이는 그 조각이, 처음 모습과 달라진 그 은은한 색이 참 좋다.

우리 작은아이를 보고 있으면 그 예쁜 병 조각이 떠오른다. 둘째는 백반증을 가지고 있다. 백반증은 멜라닌세포가 파괴되어 재생되지 않아 피부색이 하얗게 변해 가는 병이다. 원인도 모르고 치료 방법도 없다. 여섯 살 때 처음 이 병에 걸렸다는 것을 알게 됐고, 양방, 한방 병원을 수없이 다녔다. 치료는 어렵다, 조심해서 사는 수밖에는 없다, 그런 이야기만 들었다. 하얗게 변한 피부는 햇볕에 화상을 입을 수가 있고, 상처가 나면 그 자리 색소가 또 파괴될 수 있다. 스트레스도 조심해야 하고, 먹는 것도 주의해야 한다. 평생 자기 관리에 애써야 한다.

아이의 병을 모르는 사람들은 입가가 하얀 걸 보고, 우유가 묻었으니 닦으라고 한다. 병이란 걸 알고는 수술은 안 되느냐, 어쩌다 그런 것이 생겼느냐, 피부 이식을 하지, 심지어 도려 내라, 나 같으면 못 산다……, 이런 소리들을 마구 내뱉는다.

학기 초만 되면 작은애는 새로 만난 친구들의 질문 공세에 시달린다. 모르는 사람들에겐 기피 대상이 된다. 예의도 없고 존중도 없는 그네들의 시선이 백반증이라는 병보다 더 무섭다. 나랑 친한 친구들조차 아이 얼굴에 함부로 손을 대고 이리저리 뒤적거리며 말한다.

"별로 심하진 않네, 뭘!"

'그럼, 네 딸한테도 그 정도 생기면 좋겠니?'

목까지 차오른 심술궂은 말을 겨우 눌렀다. 사람들의 편

견 가득한 말들에 얼마나 많은 상처를 받았는지, 그리고 우리는 얼마나 무던하게 그것을 받아들였는지 모른다.

진단을 받은 뒤 아이에게 금지 사항이 많이 생겼다. 넘어져 다치면 상처가 생기고 백반증이 심해질 수 있으니 좋아하는 축구를 그만둬야 했고, 손가락에 생긴 백반이 퍼질까 두려워 피아노도 그만두어야 했다. 햇볕을 피하느라 실내에서만 놀았고 외출할 때는 선크림을 반드시 발라야 했고, 한여름에도 긴팔 옷을 입었다. 먹거리도 꼼꼼히 챙겨야 했다. 아이에게 스트레스를 주지 않으려고, 또 용하다는 치료법을 찾으려고, 나는 내내 가슴을 졸여야 했다. 제 몸에 생긴 병이 무엇인지 잘 아는 영민한 아이는 오죽했을까.

그렇게 살다 보니 우린 아무것도 못 하는 지경이 되었다. 병이 무서운 것이 아니라 병 때문에 원래의 의지대로 살 수 없는 것이 억울했다. 그럼에도 우리는 재미나게 잘 살아야 한다는 의지가 확고했고, 그렇게 하기로 결심했다. 그전에도 그랬지만 더욱더 아이를 존중하고 사랑했고 더 많은 즐거운 경험과 기회를 가지려고 노력했다.

어린이 영화제에서 극본, 연출, 연기까지 해서 최우수상을 수상하기도 했다. 운동을 좋아하는 아이니, 야외 운동이

아닌 실내 운동 사격을 시작했다. 전국 사격 대회에서 메달을 따고 꿈나무선수로 선발되어 태극 마크를 가슴에 달고 선수 생활을 하기도 했다. 주의하라는 먹거리도 유기농 식재료부터 콜라, 라면까지 다 잘 먹였다. 푹 자야 한다는데 밤새 영화를 보고 놀기도 하고, 햇빛을 조심해야 하는데 자전거로 중랑천을 하루 종일 달리기도 했다. 손가락 자극되는 우쿨렐레도 딩가 딩가 연주하고, 스트레스 무지하게 받는 시험 공부도 하며 잘 살고 있다.

초등학교 때는 외계인들이 지구를 공격해 와서 무슨 레이저 광선을 쏘았는데, 백반증 아이들만 그 빛에 반응을 안 해서 지구를 구한다는 설정의 소설을 썼더라. 자존감이 하늘을 찔러, 지금도 모델이나 영화배우를 하면 어떨까 하고 묻는다.

아침이면 제일 먼저 방긋 일어나 잠들 때까지 우리를 행복하게 해 주는 이 아이에게 앞으로 무슨 일이 생길지 아무도 모른다. 다만 확신하는 일은, 우리는 사랑하고 아끼며 이해하고 매일매일 즐겁게 살아갈 것이라는 것이다. 내일의 불안과 공포로 오늘의 행복을 미뤄 두는 미련한 짓은 하지 않을 것이다, 절대루.

깡과 염치

작은아이가 초등학생 때 우연한 기회에 사격을 접하고 선수 생활을 하고 싶어했다. 망설임 없이 "그래, 하자." 했다. 얼마나 오래 할지, 비용이 얼마나 들지는 아이가 간절하게 원하는 마음을 넘어서지 못한다.

그때나 지금이나 우리 집은 부정기적인 수입으로, 한치 앞을 예측할 수 없이 살고 있다. 그래서인지 돈을 잘 쓰려고 한다. 돈은 쓸 때 쓰려고 버는 거다. 먼저, 뭔가 배우는 데는 아낌없이 쓴다. 한 번도 어떤 교육비가 얼마인지 묻거나, 깎은 적도 없다. 배우고 싶어서다.

아이가 사격을 시작하자 적금을 깨서 좋은 총과 장비들

을 마련해 주었다. 아이는 엄마의 전폭적인 지지를 받으며 기량을 늘리려 최선을 했다. 언제 그만둘지도, 기록이 잘 안 나올지도 모르니 중고 총이나 한 자루 사 주면 되지, 그 비싼 새 총을 사 주느냐는 이들도 있었다. 사격이 즐겁고, 잘해 보고 싶다고 하니까 최선을 다해 챙겨 주었다. 설혹 그것이 잠시였더라도. 순간순간이 모여 역사를 만든다. 살아보니 가짜로 진짜를 만들기는 어렵더라. 아니, 안 되더라. 무엇이든 진심으로 최선을 다해야 한다.

그렇게 시작한 사격이 어떻게 되었나. 초등학교 때는 전국 1등을 하고 남자 한 명을 뽑는 꿈나무 선수로 선발됐다. 중학교 때도 연이어 소총 부문 꿈나무 선수로 선발이 되었다. 여러 대회에서 메달도 많이 땄다.

그리고 중학교 2학년 때 작은아이는 사격을 그만두었다. 사격보다 더 넓은 세상을 공부하고 싶다고 했다. 그만두었을 때 하나도 안 아까웠다. 아낌없이 노력했고 즐겼다. 좋은 배움의 발판이 되었다. 그걸 어찌 돈으로 환산하는가.

내가 고등학교 때 다니던 미술 학원에는 형편이 어려워 무료로 다니는 오빠들이 있었다. 미술을 함께 배울 수 있어 다행이라고 생각했지, 우리 부모님이 힘들게 번 돈을 나만

내고 다닌다고 억울해하지 않았다. 우리 엄마도 시장에서 장사하는 처지면서 중학교 입학금이 없어 곤란해하는 내 친구의 입학금을 대신 내 주는 사람이었다. 아이가 배움을 원할 때, 어려운 이가 도움을 원할 때 못 본 척하거나, 등을 밀거나 빈손으로 보내지 않았던 염치 있는 어른들에게 나도 배운 것 같다.

학원을 운영하는 친구들이 종종 이야기하는데, 엄마들이 학원비를 그렇게 깎는단다. 5천 원도 깎고 만 원도 깎고, 심지어 밀린 학원비를 안 내고 그만두는 이도 있다. 그러면서 영어, 수학은 꼬박꼬박 보내고 낸다. 미술은 어차피 노는 건데 좀 덜 내면 어떠냐고. "밀린 학원비 좀 보내 주세요." 하면 "예술 하는 사람이 왜 그렇게 돈만 밝히느냐?"는 소리도 듣는다.

예술하는 사람도 밥 먹어야 살아요. 예술을 하기 위해 최소한으로 하는 일이랍니다.

내게는 두 가지 보물이 있다. 부끄러움을 아는 마음 '염치'와 소신을 지킬 용기인 '깡'. 이 두 가지만 가지고도 아직까진 잘 살아왔다. 앞으로도 그럴 것 같다.

아무도 외롭지 않게

작은아이가 열두 살쯤 되었을 때다. 자기 방에 누워서 마루에 있는 나에게 문자를 보냈다.

-잘 때 시 읽어 줘.

냉큼 김사인의 시집《가만히 좋아하는》을 집어 들고 들어가 읽어 주었다.

다리를 외롭게 하는 사람

김사인

하느님!

가령 이런 시詩는

다시 한 번 공들여 옮겨 적는 것만으로

새로 시 한 벌 지은 셈 쳐 주실 수 없을까요

다리를 건너는 한 사람이 보이네

가다가 서서 잠시 먼 산을 보고

가다가 쉬며 또 그러네

얼마 후 또 한 사람이 다리를 건너네

빠른 걸음으로 지나서 어느새 자취도 없고

그가 지나고 난 다리만 혼자서 허전하게 남아 있네

다리를 빨리 지나가는 사람은 다리를 외롭게 하는 사람이
라네

라는 시인데

(좋은 시는 얼마든지 있다구요?)

안 되겠다면 도리 없지요

그렇지만 하느님

너무 빨리 읽고 지나쳐

시를 외롭게는 말아 주세요, 모쪼록

내 너무 별을 쳐다보아

별들은 더럽혀지지 않았을까

내 너무 하늘을 쳐다보아

하늘은 더럽혀지지 않았을까

덜덜 떨며 이 세상 버린 영혼입니다

*이성선李聖善 시인(1941~2001.5)의 '다리' 전문과 '별을 보며' 첫 부분을 빌리다.

—《가만히 좋아하는》, 김사인, 창비, 2006

"아니, 시인이 남의 시를 갖다 쓰고 이렇게 우겨도 되는 거야? 이러다 세상천지 너도나도 다 시인 되겠어. 다리를 건널 땐 천천히 건너야 한다고? 다리가 외롭다니 다리 등짝 부러진다고? 뭐 이 따위 시가 다 있어. 음냐음냐……."

궁시렁궁시렁 따져 묻더니, 나 외롭게 빨리 잠들어 버린 작은아이.

큰아이가 중학교 때 시험 공부하는 게 안쓰러워 로버트 폴검의《지구에서 웃으며 살 수 있는 87가지 방법》을 읽어 주었다. 일부러 방에서 끌어내 마루에 앉혀 놓고 읽어 주니, 낄낄거리며 시험 끝날 때까지 반납하지 말라고 했다. 도서관에서 빌린 책인 줄 알고.

책 읽어 주는 소리에 샘이 났는지 안방에서 남편이 튀어나와 "니들은 안 자고 뭐해!" 하고 잔소리하는 통에, 제 방에서 잠들었던 작은아이까지 튀어나와 내 등에 업혀 이야기를 마저 들었다. 결국 자정을 넘긴 시간에 가족들은 마루에서 내가 읽어 주는 책을 다 듣게 되었다.

가만 생각해 보면 나는 누구에게나 책을 읽어 주었다. 곰돌이 푸에게도 읽어 주었고 우리 아이들, 남편은 물론이고

추석 때 모인 부모, 형제, 조카들에게, 지역 아동 센터에서, 도서관에서, 카페에서 커피 마시다 친구들에게, 술집에서 술 마시다 지인들에게, 모르는 아줌마, 아저씨, 할머니에게도, 선생님들에게도, 강원도 골짜기에서 제주도 섬에 사는 친구들까지 부르면 달려가 책을 읽어 주고 함께 즐거워했다.

책이 없으면 새로운 이야기를 마구 지어내 들려준다. 이야기를 듣는 아이들을 주인공으로 만들어 같이 모험을 하고 기뻐하며 웃는다.

또 슬픈 그림책을 보면서는 같이 펑펑 운다. 눈물이 바다가 되면 헤엄치고, 험난한 뾰족산도 넘고, 어둡고 깊은 숲도 지나고, 끝도 보이지 않는 사막을 건너 천천히 우리집 마루로 온다.

아무도 외롭지 않게 천천히 천천히.

두고 보지 말고 지금

아이들이 피아노 연습을 할 때 난 옆에서 춤을 췄다. 틀린 음을 치면 오징어 구워지는 엉터리 춤을, 제대로 된 곡을 쳐 주면 아주 멋지게 춤을 추었다. 춤을 안 추는 날은 박수를 열렬히 쳤다. 연습곡이지만 건넛방에서 듣고 한 곡이 끝날 때마다 "호레이~" 하며 박수를 쳤다.

시험을 못 보거나 탈락하면 속상하겠다며 뷔페에 데려갔다. 맛있는 거 먹고 기운 내라고.

배드민턴을 배우고 싶다고 하면, 밤 열 시에나 집에 들어오는 나는 그때부터 12시까지 같이 달밤에 배드민턴을 쳤다. 밤에 더 잘 쳐 보려고 야광 셔틀콕을 수소문해서 구했다. '텅텅'거리며 밤하늘을 나는 도깨비불 같은 셔틀콕 소리 때문에 아파트 경비 아저씨에게 혼나기도 했다.

아이들이 약속을 잘 지킬 수 있게 도와줬다. 처음부터 다 어떻게 잘하는가.

"어디 두고 보자." 하는 사람이 젤 싫다.

두고 보지 말고 지금 도와주자.

같이 하자.

내가 아이들을 응원하는 방법은 즐거움이다. 채찍도 어렵고 당근도 어렵고 흉내도 어렵다. 내가 즐거우면 아이도 즐겁다.

남겨 줄 것

세상물정 모르는 엄마가 아이들에게 남겨 줄 것은 함께 한 행복한 기억들이다. 더불어 사는 사람들을 생각하는 마음도, 세상을 더 나은 방향으로 흘러가는 데 아주 미력하게나마 도움이 될 수 있는 사람이 되도록 가르치려고 애썼다. 스스로 노력해서 무언가를 이루고 성취하는 것이 얼마나 값진 것인지, 또 얻지 못한다 하더라도 사랑하는 가족이 늘 곁에서 응원함을 알려 주었다. 아이들은 언젠가 나를 떠나 자신의 삶을 온전히 만들어 가겠지만, 어렵고 힘들 때 엄마를 떠올리고 힘이 되는 그런 것을 남겨 주고 싶었다. 그래서 들여왔다, 달항아리를!

보름달처럼 둥근 백자 달항아리. 늘 환하게 우리 아이들을 비춰 달라고.

이 나이가 되니 가치 있는 작품을 보는 안목도 조금 생겼다. 우리 아이들에게 어울릴 만한 것을 공부하고 또 공부했다. 그리고 소형차를 사려고 모아 둔 돈을 들고 가서 항아리로 바꿔 왔다.

뜨거운 불을 이겨 내고 살아난 순백의 달항아리. 우리집 달항아리는 관요와 민요 성격을 함께 지닌 특이한 항아리다. 이쪽에서 보면 반짝이는 광택이 매끄럽고 시원하며, 항아리를 천천히 돌리면 담백하고 순한 모습이 된다. 불이 지나가며 두 가지 이질적인 표면을 만들었다. 어느 날은 한껏 부푼 달이 되고, 어느 날은 정겹고 다정하게, 어느 날은 환한 미소로, 볼 때마다 새로운 모습과 색을 담는다.

아는 도예가, 조예가들은 이 달항아리를 보면 침을 질질 흘리지만 모르는 사람은 동네 꼬마도 와서 만지고 가는 그냥 항아리일 뿐이다.

순백의 아이들. 무엇을 담을 것인가. 설령 무엇인가 담지 못해도 너희는 이미 멋진 그릇이다. 예쁜 모습도 미운 모습도 다 소중히 여기라는 뜻으로 나는 마음에 새겼다. 이름도

'웃음달'이라고 지어 주었다.

엄마가 떠난 뒤의 어느 날, 홀로 우두커니 앉아 있는 밤. 저 '웃음달'이 구석에서 소박하게 네 그리움을 비춰 줄 거야. 너희를 많이 사랑했단다, 하고.

처음 항아리를 들여온 날, 작은아이 방 머리맡에 놓아 주었다. 달빛에 환히 빛나는 멋진 달항아리를 보라고. 아침에 우리 방으로 기어들어온 아들이 "아 놔, 깰까 봐 몸부림도 못 치고 밤새 한숨도 못 잤어. 자다 경기 하는 줄 알았어. 엄마, 아빠가 가지고 가서 자." 한다.

"담부턴 좀 납작하고 깨지지 않는 것으로 사 와. 이거 원 무서워서 집에서 공놀이 하겠어?"

우리도 무서워 마루 구석 철재 캐비닛 위에 올려놓았다. 그래도 다들 항아리를 보면 한 번씩 빙긋 웃는다. 웃는 이유는 각기 다르리라.

엄마에게 박수를

우리 아이들은 나를 어떻게 생각할까.

친구 같은 좋은 엄마. 늘 딴생각하는 엄마. 세상물정 모르는 엄마…….

겁이 살짝 날 때가 있다. 내가 우리 엄마에 대해 생각하는 것처럼 우리 아이들도 나를 생각할까 봐.

나는 엄마가 '우리를 위해' 고생하는 걸 보고 싶지 않았다. 꿰맨 양말을 더 이상 신지 말기를, 남은 음식을 더 이상 먹지 말기를, 아빠를 더 이상 기다리지 말기를, 우리에게 더 잘하려고 하지 말기를 간절히 원했다.

가끔 우리만 아니었으면 엄마가 행복했을 거란 그릇된

죄의식에 사로잡히기도 했다. 엄마가 스스로를 위해 맛난 것을 먹고, 엄마를 위해 여행도 가고, 엄마를 위한 충만한 삶을 살길 간절히 바랬다. 엄마를 위해 박수를 쳐 주고 싶었다.

나 역시 '아이들을 위해'라고 하면서 아이들 마음에 상처를 준 적 없었나 의심이 들었다. 나에게 '아이 때문에'가 볼모이고 수단인 적은 한 번도 없었던가. 뜨끔하고 화끈하다.

엄마로 살면서 아이들에게 박수를 받을 수 있는 방법은 뭘까.

일단 나를 어르고 달래서 책임지는 것.

아이가 다 자라서 내 곁을 떠나도, 나를 기쁘게 할 것들, 충만하게 할 것들을 미리 준비해야 한다. 그래야 떠나는 아이도 발걸음이 가볍다. 힘든 일이 생기면 마음 편히 잠시 들를 수 있는 '엄마의 섬'이 될 수 있게 잘 일구고 가꿔야 한다.

또 아이를 너무 어려워해도, 무시해도 안 된다. 아이에게 너무 큰 기대를 해도 안 된다.

내 아이지만 또 다른 한 사람으로 만나야 한다. 건강한 사람과 사람이 만나야 한다. 사랑하는 것이 내 몫일 뿐, 사랑받지 못해 섭섭해하지 말고 받으려고 하지 말자고 마음을 다잡는다. 아이들이 내 곁에서 잘 자라 준 것으로 충분히 보상받지 않았는가.

내가 엄마를 떠올리는 동안 잠시 아이로 돌아가서 행복하기도 고통스럽기도 했듯이, 내 아이들도 나를 떠올리며 기쁜 순간도, 속상한 순간들도 있을 것이다.

하지만 이제 내가 나의 엄마를 이해하듯, 내 아이들도 언젠가는 이 엄마를 이해할 것이다.

많이 자란 아이들에게, 내 곁을 언젠가 떠날 아이들에게 이 말을 꼭 해 주고 싶다.

엄마가 잘 살게!

그게 너희를 행복하게 하는 것이라는 걸 잘 아니까.

아이스랜드

백만 년 동안 기억하고 싶은 것들이 있다면 아이스랜드에 보내세요.

한 번 보내면 절대로 잃어버리지 않는 곳 아이스랜드!

아이스랜드의 은빛 문을 열면 잊혀졌던 기억들이 되살아나는 걸 느끼실 거예요.

아이스랜드는 우리집 냉장고다. 우리 집 냉장고에서 가장 오래 살았고, 가장 사랑받았던 존재는 바로바로 눈덩이들이다! 소래포구에서 사 온 젓갈들도, 강원도 찰옥수수도, 삶은 우거지도 압도하는 추억의 힘 때문이다. 이 집으로 이

사 올 때 냉동실에 있던 다른 건 다 버렸는데, 이 눈덩이들만은 아이스박스에 소중히 담아 함께 이사 왔다.

지금은 두 아이가 냉장고를 들 만큼 자랐지만 윤석들이 유치원 다닐 때 의자 놓고 까치발 들며 낑낑거리며 냉동실에 가져다 얼린 눈이다.

첫눈이 왔는데 아이가 그러는 거다. "눈이 너무 예쁜데, 다 녹고 있어." 결국은 집에 가지고 들어와 집 안을 온통 눈으로 가득 채우고, 봉지마다 눈을 넣어 눈사람이랑 같이 냉동실의 삼분의 일을 눈으로 채웠다. 그 상태로 한 5년 정도 살았다. 이사 올 때 그 눈을 꽤 정리했는데도, 여전히 냉동실에 한 덩어리는 남아 있다. 십 년이 넘은 눈덩이.

투명한 통에 물이랑 같이 담아 얼린 블록 인형, 괴물 인형들은 냉동실에 얼렸어도 시간이 지나며 해동시키고 이주시켰는데, 저 눈덩이는 언제까지 함께 할까.

정전이 되어 냉동실 모든 것이 다 녹더라도, 저 눈덩이만은 오래오래 함께 했으면 좋겠다. 내 아이의 어린 시절이 함께 얼어 있는 멋진 눈덩이!

친구와의 대화 3

우울을 없애는 법

요새 우울해.

밥 먹어. 배 터질 때까지 고되게.

그럴까? 살찌면 더 우울할까 봐.

아니야, 빵 터질 때까지 먹어.

나쁜 놈! 내 외모를 지적하느냐!

마마, 제가 어느 안전이라고 그러겠사옵니까?
소녀를 믿으시고 꾸역꾸역 드셔 보십시오.

좋다. 그럼, 먹어 보자꾸나!

에헤라디야.

요새 우울해.

작가적 아픔, 이런 거라고 하기만
해 봐. 가만 안 둔다.

몸이 맘대로 안 움직여져.

우리, 운동을 좀 해 볼까?

나도 스트레스 때문에 등이 아파.

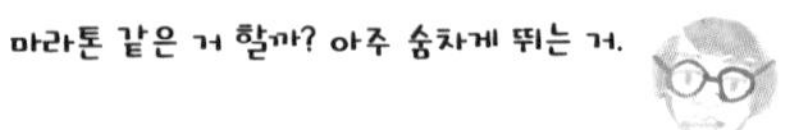
마라톤 같은 거 할까? 아주 숨차게 뛰는 거.

그럼, 이왕 하는 거 남자 많은
마라톤 동호회 찾아가 보자.

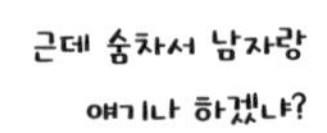

근데 숨차서 남자랑
얘기나 하겠냐?

저어기요, 허어억 허억 헉헉, 이르미이 모오에여어억, 헉헉헉.

야야, 꼴 우습다.

~~~~~~

콤팩트 거울을 보며 스펀지로 얼굴을 꼭꼭 눌러 가며 화장을 고치던 친구가 갑자기 눈물을 주르륵 흘렸다

인생이 너무 허무해. 아이는 다 컸고, 의미 없는 날들만 지나가.

나도 가슴이 찡해 눈물이 금방이라도 흘러내릴 것 같다. 그런데 다른 친구들은 아니다.

야야, 자 봐래이. 운다 운다.

가시나 와 카노? 니 살 만하니까 그라지.

니가 고생을 덜 해서 그렇다 아이가.

아, 국물도 없는 경상도 가시내들. 내는 니들이 무섭다, 마!!
~~~~~~

4부

계산이 안 맞는 엄마의 삶

그날 바람이 엄청 불었어

그날이 생각나. 텔레비전 뉴스에서도 라디오에서도 무슨 태풍이 온다고, 다 일찍 집에 가라고 그랬어. 그래서 내가 네 아빠보고, '우리 지연이 데리러 갑시다.' 했더니 네 아빠가 그날 순순히 따라 나서더라. 너 다니는 여고 가는 길이 나무도 많고 좀 한적하잖아. 입간판들이 들썩이고, 나무가 뿌리째 뽑히고, 바람이 으허엉으허엉 울고, 뭐가 막 날리고, 난리도 아니었어.

교문 앞에서 우리 딸 언제 나오나 기다리는데 친구들하고 이야기하며 나오다 우릴 보더니 막 뛰어와서 반가워하더라고. 그래서 처음 마중도 가고 해서 '뭐 먹을 거라도 사 줄까?'

했더니 네가 우릴 여기저기 친구들이랑 가는 분식집엘 데려 갔는데 문을 다 닫았더라고.

근데 네가 그래. 이집 쫄면이 너무 맛있어서 먹어 보게 하고 싶었다고.

그날이 뭘 먹을 상황도 아닌데 밤에 엄마, 아빠 만난 게 반가워 네가 신이 나서 우릴 여기저기 데리고 가며 이야기를 막 하는 거야. 자주 가는 포장마차에서 핫도그를 파는 아저씨가 친절하고 좋다고.

그래서 내가 너 놀리려고 '지연이, 그 아저씨 좋아하는구나?' 했더니 네가 '응, 엄청 좋아해.' 그러는 거야. 속으로 뜨끔했지. 아니, 애가 순진해서 핫도그 아저씨에 꼬였구나 싶어서. 그래서 그 아저씨 어디가 좋아 했더니, 있지 엄마, 아저씨가 머리도 안 감아서 머리카락이 덕지덕지 달라붙었는데 그 머리카락을 넘긴 손으로 핫도그를 만들어, 게다가 눈곱이 여기까지 주렁주렁 달려 있고. 어느 날은 누런 코를 훌쩍이며 씨익 웃는데 보니까 이가 숭숭 빠져 있는 거야. 그런데 그 모습이 어찌나 멋있던지, 그러면서 이야기를 막 지어내는 거 있지. 그래서 아빠랑 나랑 막 웃었어. 그날 웃을 상황이 아니었다니까. 여기저기서 뭐가 막 날리고 우지끈우지

끈 쓰러지고 그랬다니깐. 얘가 커서 뭐가 될라고 이런 상황을 이야기로 한순간에 따뜻하고 부드럽게 만들지? 그랬어. 그날이 기억이 나.

“에이, 뭐야, 엄마 지난 시절 기억나는 이야기해 달라니깐 또 내 이야기야?”
“그런 거 말곤 재미난 일이 없었어.”
“인생이 왜 그랬어?”
“글쎄 말이야.”

엄마의 상자

어릴 때 다락방에 올라가 놀다 예쁜 것들이 잔뜩 담긴 상자를 찾았다. 알록달록 보지도 못했던 고급스런 예쁜 천들과 멋진 옷을 입은 여자들이 그려진 스케치북이 들어 있었다. 엄마가 디자이너였던 시절의 상자였다. 지방에 내려와 옷가게를 하면서도 버리지 못하고 고이 간직하던 아름다운 시절의 추억.

그런데 어린 나는 거기 있던 원단 샘플들을 잘라서 내 인형 옷을 만들고, 엄마의 스케치북에 그려진 스타일화들에 낙서를 해서는 "나, 바느질 잘하지?", "엄마, 나 그림도 잘 그리지?" 했다. 얼마나 속상하셨을까.

우리 엄마처럼 예술가적 기질도 많고 감수성도 풍부한 분이, 그 마음을 어떻게 달래면서 살아오셨을지 나는 상상이 안 된다. 아빠를 만나 나랑 동생들을 낳고 키우는 것만으로는 보상이 안 될 엄마의 시간들…….

"잘나가던 명동 의상 디자이너가 왜 갑자기 구미로 이사를 간 거야?"

"아휴, 말하기 싫어."

"나는 늘 그게 궁금했어. 외삼촌이 있어 이사를 한 거야?"

"아휴, 그때 네 아빠가 바람을 펴서 이사를 갔어. 근데 나중에 쫓아왔지."

"아뿔사. 이런이런."

신문에서 비린내가 나

어릴 때 이른 새벽 잠결에 눈을 뜨면 엄마는 벌써 일어나 앉아 책이나 신문을 읽고 있었다. 책 속 좋은 구절은 적어서, 신문이나 잡지에 난 예술 관련 기사는 오려서 내게 꼭 보여 주고 읽어 주셨다.

"천경자 화가의 그림 좀 봐 봐. 원시적이란 느낌이 형태에서 오는 것일까. 색감에서일까."

"〈메밀꽃 필 무렵〉은 메밀꽃밭을 보지 못한 사람은 완전히 공감하기 어려워."

"지연아, 농부가 밭을 깊이 갈아야 농작물이 뿌리를 튼튼히 내리고 잘 자란다. 머리를 잘 빗는 것도 소홀히 할 수 없는 일이란다."

"신문에서 비린내가 나."

여러 사건, 사고로 피가 흥건한 신문기사를 읽으며 엄마는 그런 은유적 표현을 했다. 문학작품을 읽고, 그림을 좋아하며 상징과 은유를 즐기는, 센스 있는 양 여사님.

내가 스무 살이 되던 해, 어른은 아무나 되는 것이 아니고 이런저런 세상살이를 겪어야 한다는 의미심장한 가르침을 주기 위해서 우리 부모님은 이혼을 하셨다.(설마!)

원하는 대학에 진학하지 못해 가뜩이나 암흑 시절이었던 내게 참 엄청난 선물이었다. 엄마와 우리에게 이혼과 더불어 닥친 일은 경제적 궁핍이었다. 슬퍼할 겨를이 없었다. 당장 먹고살 것이 걱정이었으니.

자식들 먹여 살리려고 엄마는 온갖 일을 하셨다. 생선 가게도 하셨다.

큰애가 아장아장 걸을 무렵, 엄마는 수산시장에서 생선을 떼어다 시장에서 팔았는데, 말도 못 하게 고생하셨다. 어떻게 생선을 팔 생각을 했는지 지금도 잘 모르겠다.

새벽 시장에 가서 생선을 고르고 생선 궤짝을 들고 옮기고, 생선을 다듬고 물을 계속 만져야 하니, 손이 말도 못 하게 거칠고 상처투성이였다. 몸을 써서 일을 하기엔 체력이 부족하니 정신력으로 장사를 했다. 남동생이 새벽 시장 운전을, 여동생은 퇴근 후 엄마를 도왔다. 지금 생각해 보니 엄마가 그때쯤 오십 대 후반쯤이었으니 갱년기도 있었을 텐데 얼마나 힘드셨을까.

엄마는 생선 대가리를 댕강댕강 자르고, 배를 갈라 내장도 꺼내고, 토막도 탁탁 치며 비린내를 온몸에 향수처럼 바르며 일하셨다. 상징과 은유가 현실이 되었다. "신문에서 비린내가 나." 했던 엄마가 뒷날 진짜 비린내 나는 생선을 신문에 싸게 될 줄 짐작이나 했을까.

그래선지 나는 생선을 사러 가면 늘 마음이 아프다. 씻어도 씻어도 잘 지워지지 않는 비린내에서 맡아지는 고단한 삶의 냄새 때문이다.

엄마 손은 요술 손

생선 가게를 하던 양 여사님은 교육을 받으시고 간병인이 되셨다. 골골골 양 여사 몸도 그리 건강한 편이 아닌 것 같은데, 아픈 사람을 돌봐 주러 갔다. 얼마나 지극정성으로 환자를 돌보았는지, 얼마 안 가 양 여사님은 인기 폭발이었다. 일하는 몇 년간 보람을 많이 느끼셨다.

양 여사님은 꽃나무도 잘 키우셨다. 비닐하우스에서 꽃과 나무 묘목을 키워 화원에 팔았다. 살아 있는 것을 다루는 일이니 비닐하우스 가까이 살면서 정성으로 가꿨다. 그러니 시들시들하고 죽어 가던 식물들이 다 살아나 꽃을 피웠다. 이때 묘목장 옆 비닐하우스에 사셨으니, 건축가에게 스케치 던져 줘 가며 집 짓고 살았던 양 여사 인생, 참으로 기구하다. 이후에도 양 여사님은 반지하, 옥탑방 등 다양한 주택을 경험하셨다.

옷가게 할 때도 없이 사는 사람들을 그냥 모른 척하지 않으셨다. 걸핏하면 난전 할머니들이 파는 나물을 죄다 사 왔다. 저녁에 모여 고구마 줄기 다듬느라 온 가족 손가락이 다 새까맸다. 나물 할머니들 배고프다고 한 상 차려 들고 가는 엄마 옆에서 챙겨 둔 옷가지랑 양말, 봉투들을 들고 가며 투덜거렸다.

"이건 아무리 생각해도 계산이 안 맞는 거래야."

한번은 엄마가 없는데 나물 파는 할머니가 우리 집을 찾아오셨다. 집에는 나밖에 없었다. "엄마 가게 계셔서 그거 못 사 드려요." 했더니, 할머니가 말했다.

"아니여, 이건 그냥 주고 갈라고, 엄마 주면 안 받거나 돈을 줄라고 하니껜 학생이 받아 뒀다가 엄마 줘잉."

'할머니, 이건 계산이 안 맞는 거래예요.'

속으로 말하며 넙죽 받았다. 물론 그날 저녁 또 나물 반찬 가득 밥을 먹었다.

요즘 엄마는 노인정에서 밥해 주는 봉사를 하는 중이다.

요리 솜씨가 예술인 우리 엄마 덕분에 여기도 난리가 났다. 호박 하나로 수십 가지의 요리를 해내신다. 한가하던 노인정이 할아버지, 할머니들로 북적이며 우리 엄마 당번인 날만 기다리신다. 맛난 점심 한 끼가 웃음꽃을 피운다.

이젠 예쁘진 않고 거칠지만 무엇이든 손길이 닿으면 살아나고 맛나게 가꾸는, 놀라운 엄마의 손.

쪽쪽 빨아먹었다

엄마는 고물상, 김밥집, 분식집에 보신탕집까지 하셨다.

압권은 보신탕집이었다. 시커멓게 그을린 개가 빨간 '고무 다라이'에 담겨 있던 이미지는 아직도 기억에 생생하다. 지금은 '안' 먹는 개고기를 그때는 팔아야 하니 아까워 '못' 먹었다.

어느 날은 강화도에서 인삼도 떼어다 팔기도 했고, 충청도에서 사 온 콩도 팔고 쌀도 팔고, 팔다 남은 콩으로는 된장, 고추장을 담가 그걸 또 팔았다.

몇 번이나 하셨는지 모르겠지만 지하철역에서 난전하시는 것을 본 적이 있다. 아마 엄마는 내가 본 걸 모르실 거다.

"엄마 한개 나 한개",

"너 다 먹어."

"싫어. 같이 먹을 거야."

여태까지 엄마가 말씀하지 않으셔서 나도 모른척한다.

어쩌면 내가 모르는 또 다른 일들이 엄마에겐 많았으리라. 엄마의 주름마다 얼마나 많은 이야기가 있을까 싶다.

요즘 들어 시시콜콜한 것들을 엄마에게 자주 묻는다. 어느 날은 대꾸도 안 해 주고, 또 어느 날은 묻는 것과 다른 이야기를 해 주고, 어느 날은 너무 긴긴 이야기를 해 주신다. 엄마 덕분에 우리가 얼마나 행복했는지 이야기해 드리면 엄마는 못 해 준 거, 미안한 거만 이야기하신다.

말하는 대로, 기억하는 대로 엄마의 삶이 만들어진다. 왜 엄마와 내가 서로 다른 기억을 갖고 있는지 모르겠다.

난 왜곡해서라도 오래 갖고 있고 싶다. 엄마에 대한 좋은 기억을 많이 찾아내 갖고 있고 싶다. 엄마가 나중에 나를 떠나더라도 엄마에 대한 무수한 기억이 나와 함께 있는 동안 엄마는 늘 내 곁에 있을 테니까.

난 그렇게 또 욕심꾸러기 자식이다.

외할머니 광산 김 씨 김부덕 씨는 우리 엄마 제주 양 씨 양춘자에게 먹히고, 경주 김 씨 나는 제주 양 씨 양춘자 씨를 쪽쪽 빨아먹었다. 내가 그랬듯, 엄마가 그랬듯, 할머니도, 그 할머니도 더 먼 시간에 있는 엄마들을 쪽쪽 빨아먹고 만들어진 셈이다.

그렇게 그렇게 엄마는 살아 냈다. 내 마음에 엄마 필름이 다 돌아간 영사기가 털털털 소리를 낸다. 나도 엄마처럼 산전, 수전, 공중전, 우주전 인생을 살아 낼 수 있을까. 난 지금 어디쯤인 거지?

칠십 엄마의 독립 선언

동생 표현을 빌리자면 어느 날, 마치 퇴근해서 돌아오시듯 아빠는 집으로 돌아오셨다. 두 분이 지난 시간에 대한 앙금 없이 서로 위하고 사시니, 더 이상 부부 관계에 문제가 없으리라 생각했다. 그런데 몇 해 후 엄마가 혼자 살아 보고 싶다 하셨다.

엄마는 칠십 평생 가족을 위해 모든 것을 소진하셨다. 엄마가 아가씨였을 땐 7남매 중 맏딸로 부모와 동생들을 챙겨야 했고, 또 한 남자를 만나 그의 아내로, 세 아이들의 엄마로 자신을 위한 시간이나 공간을 꿈꾸기 어려웠다. 일흔이 넘어 '혼자 살겠다' 선언하는 게 쉽지 않은 결심이었을 것이다. 존재를 증명하는 것은 용기 있는 자만이 할 수 있는 결정이다.

일흔까지 너희 위해 참았으니 이제 그만 놓아 달라는 절규 같아서, 먹먹했다. 우리는 엄마 뜻을 따르기로 했다.

엄마는 안양에 작은 집을 얻어 2년 정도 혼자 사셨다. 그때 엄마 집을 가 보면 창틀 가득 예쁜 꽃나무들을 키우며 아기자기 꾸미고 사셨다. 음식도 본인이 먹기 쉬운 편한 것으로 해서 드시고, 산에도 다니시고, 뭘 배우러도 다니셨던 것 같다.

엄마는 혼자 살면서 혼자 아프고, 혼자 먹고, 혼자 놀고, 혼자 텔레비전을 보고, 혼자 웃고, 혼자 잤다. 혼자 울기도 했을 거다. 얼마나 좋았을까.

진즉 말씀을 하시지. 더 일찍 놓아 드릴 것을. 그랬으면 멋진 애인도 생기고 좋으셨을 텐데, 죄송합니다.

누구나 혼자 사는 연습이 필요하다.

그때 진짜 어른이 되는 거다. 누군가의 삶이 아닌 나를 돌보는 삶.

차라리 엄마가 낫다

무릎도 아프고 허리도 아파 입원까지 하셨던 우리 엄마는 경기도 과천에 사시면서 배낭 메고, 지하철 타고, 백숙 끓일 닭을 사러 가신다. 서울로, 경동시장으로!

왜! 왜! 왜! 도대체 왜? 과천엔 닭이 다 푸드덕 날갯짓을 하며 하늘로 솟아올랐단 말인가 땅으로 꺼졌단 말인가. 도대체 그 먼 경동시장까지 가야 하는 까닭이 뭐냐고!

아빠가 엄마한테 뭘 그렇게 많이 사서 이고 지고 왔느냐고 막 뭐라고 하더니 아빠도 다를 바 없다. 약이랑 화장품을 잔뜩 꺼내 놓으신다. 이 약을 먹으면 어디가 좋고, 어디가 낫고, 이 화장품은 이렇게 사용하면 저렇게 피부가 고와

지고……, 한참 설명을 늘어놓으신다. 음음, 어디선가 누군가에게 많이 홀리신 듯하다. 여전히 잘 홀려.

그래, 차라리 엄마가 낫다.

할머니의 밥그릇

"아빠, 할머니 집에 갈 때 좀 데려가 줘."

할머니가 97세로 돌아가시고 난 뒤 한 번도 가지 않았다. 집 이곳저곳을 늘 분주하게 다니시며 정갈하고 단정하게 집을 가꾸시던 모습이 아련하다. 남아 있는 가족에겐 할머니 집이 할머니다. 그래서인지 빈집을 몇 해째 아빠가 때때로 관리하러 가신다. 도착하자마자 할아버지 묘를 보러 갔다. 할아버지의 묘는 집 바로 옆 밭에 있다. 고추와 가지를 따고 콩을 키우던 밭에 지금은 할아버지가 누워 계신다. 묘에 절하고 일어나 보니 왜 여기다 묻어 달랬는지 알겠다. 집보다 조금 높은 산기슭 밭이라 내려다보면 숲이 집을 품고 있는 게 그대로 보인다. 그게 그렇게 아름답더라. 밭에서 일하다 문득 돌아본 그 경치가 너무 아름다워서 거기에 묻어 달라 하셨을 게다. 혹시 할머니는 으스스하셨을라나. 할아버지 돌아가시고 할머니 혼자 그 집에서 할아버지 산소를 바라보고, 또 할아버지는 그 산기슭에서 할머니를 바라보신 거다.

그 높고 크던 대문을 열고 집 안으로 들어서니, 마당 안에는 어린 내가 온통 돌아다닌다. 유난히 문 열리는 소리가 큰 서늘한 광. 댓바람 잘 통하고 볕 한 줌에 그릇들이 달그락거리는 소리로 가득한 부엌. 반질반질한 부뚜막, 할머니의 눈부신 하얀 빨래들, 지지직 잡히지 않는 전파를 잡는 라디오 사냥꾼 할아버지, 마당의 펌프에서 물 올라오는 시원한 소리, 뒤란의 수다쟁이 개구리들……, 어느 하나 선명하지 않은 게 없다. 밤엔 울부짖는 대숲 소리를 배경으로, 대나무 그림자는 조연이 되어 날마다 새로운 괴물과 귀신들이 할머니와 할아버지의 이야기 속에서 피어났다 사그라졌다. 할머니 품을 파고들고, 할아버지 등으로 숨어들며 우리는 그렇게 컸다. 나뭇잎만 가득한 빈 아궁이를 보노라니, 아득한 시간이 모락모락 피어올랐다.

그 많던 살림이 다 사라지고 남아 있는 것이라고는 부엌에 있는 사기그릇뿐이었다.

할아버지 밥상이나 손님상에 내놓아서 깨끗하고 귀히 쓰던 그릇이라 아직까지 남아 있었다. 얼마나 오래되었을까. 내가 어릴 때 여기다 밥을 먹었던 것 같은데.

할머니 유품이라 아빠에게 허락을 받고 가져와 깨끗이 씻고 삶고 닦아 말려 반질반질 닦았다. 그릇장 안쪽에 두었던, 내가 결혼할 때 사 온 밥그릇, 국그릇 한 벌을 꺼내 곁에 놓아 보았다. 20년 된 내 밥그릇이 할머니 그릇보다 더 낡았다. 낡은 내 그릇을 버리지 않고 한 벌을 남겨 둔 이유는 어찌나 박박 긁어 먹었는지, 살려고 애쓴 20년 흔적이 그릇에 남아 있어서였다. 짠하기도 하고 '좀 여유 있게 천천히 먹지 그랬어' 싶기도 하더라. 아무리 그랬다 하더라도 내 그릇보다 훨씬 더 오래된 할머니의 그릇이 빛나는 건 무슨 이유일까.

더 풍족하고 멋지다고 생각한 시대를 살고 있는 나인데, 할머니의 삶 앞에 누추하다. 자식을 키워 외지로 다 보내고 할아버지를 밭에 뉘이고 지킨 할머니의 삶은 누구에게도 누가 되지 않았다. 깊은 산속, 저 홀로 서 있는 작은 집에서 사기그릇에 차린 소박한 밥상에서 최선을 다한 하루를 감사하는 할머니, 할아버지를 상상하며 인간의 품격을 품어본다. 나는 하루하루를 얼마나 감사한 날들로 만들어 지금을 만들고 있을까.

엄마의 냉장고

웬만한 집에 가 보면 요즘은 냉장고가 다 두 대씩은 있다. 세 대가 넘는 집도 있더라. 난 한 대, 그것도 남들보다 작다. 그래도 텅텅 비었는데.

친구가 그런다.

“우리 엄마는 냉동고가 고장이 나 새로 사서 한 대, 냉장 기능은 좋으니 버리지 말고 쓰시겠다고 해서 두 대, 김치 넣을 김치 냉장고까지 석 대를 쓰고 계셔.”

다른 친구들이 너도나도 맞장구다.

“네 엄마랑 우리 엄마랑 계하시니? 어쩜 그렇게 똑같아.”

“동치미를 담가 넣어 두고 싶다고 김치 냉장고를 한 대

더 갖고 싶다고 하시지 뭐야!"

농사짓는 어머님들은 농산물을 보관해야 하니 냉장고뿐만 아니라 저장고까지 있어야 한다. 그런데 말이다. 농사를 짓는 것도 아니고, 가게만 나가면 신선한 먹거리가 쏟아져 나와 있는 세상에 왜 냉장고가 두 대씩이나 필요한가.

여름에 큰맘 먹고 수박을 한 통 사 왔는데 누군가 수박 한 통을 더 줘 두 통이 되었을 때, 아주 잠시, 김치 냉장고 생각을 했다만 대부분의 경우, 나는 한 대면 충분하다. 지금 냉장고도 크다 싶어, 호텔에 가면 하나씩 있는 작은 냉장고 정도만 놓고 살고 싶을 때가 많다.

냉장고 한 대로 잘 살기 비법은 제철 먹거리를 먹는 것. 제철 먹거리를 제때 장 봐서 부지런히 알뜰히 해 먹으면 냉장고 하나로 족하다. 냉장고가 하나라서 많이 사 오질 않는다. 딱 필요한 만큼만 산다.

(마음의 소리 : 이보세요, 지연 씨. 당신네 가족이 겨우내 맛있게 먹는 김치, 그거 말이오. 엄마 집 냉장고에서 갖고 온 거 다 아는데 이러시면 안 되죠. 늙은 엄마가 김치를 드시면 얼마나 드시겠어요. 다~ 잘난 당신네 것입니다.)

놀기 대장 효진이

오늘은 결혼 12년차 효진이 결혼기념일이다. 나보다 여덟 살 어린 효진이는 정말 어여쁘고 사랑스럽다. 효진이 어머님은 뭘 드시고 이렇게 예쁜 딸을 낳으셨을까.

효진이를 가까이에서 한 번 보면 누구라도 심하게 고개를 위아래로 끄덕일 것이다. 아담한 체구, 자그마한 얼굴, 날렵한 코, 초승달 같은 눈에 웃으면 송곳니가 매력적이다.

효진 씨, 효진 양, 효진 님, 효진아, 효진! 어찌 불러도 듣기 좋은 이름이다.

유쾌한 효진이가 정말 잘하는 일 중 하나가 놀기다. 놀기 대장 엄마 덕분에 아이들도 정말 잘 논다. 우리 아이들도 어릴 때 잘 놀았지만 효진이네 아이들과는 급이 다르다. 일단 놀러 가면 집엘 오지 않고 거기서 산다. 제주도에 가서 한 달, 미국 가서 한 달, 유럽 가서 한두 달, 지리산 가서 이주일……. 내가 모르는 곳곳에서 늘 놀고 있다.

효진이 남편은 작은 회사 월급쟁이다. 그래서 정말 계획을 꼼꼼히 세워 아껴 쓰며 논다. 영어도 안 되면서 어린아이 둘을 끌고 밥 해 먹으며 세계 곳곳을 놀러 다녔다. 그렇게 살다 오면 거지꼴인데 얼굴은 행복이 가득가득하다.

많이 놀아 본 이 가족의 특징은 매사 여유롭다는 거다. 뭔가 긴박하거나 안달나거나 한 것이 없고 실실 웃으며 다닌다. 학교도 빠져 가며 놀러 다니니 학원은 생각할 수도 없다. 엄마도 애도, 공부 걱정을 잠시 했다가는 얼른 떨쳐 버린다. 그리고 논다. 덕분에 이 가족만 잘 따라다니면 재미있게 놀 수 있다.

근데 그건 무척 피곤한 일이기도 하다. 거창하지도 않은 여리고 낮은 풀꽃 같은 작은 것에도 감동하고 깔깔 웃어 대니, 놀지 않아 딱딱해진 우리 가슴이 적응하는 데 시간이 걸린다.

효진이가 했던 놀이 중에 '차금'이란 것도 있다. '불금'

은 전국의 금요일이 술과 유흥으로 불타는 밤. 우리 효진이도 놀아야겠는데 딸린 애가 둘인데다 술도 못 먹고 해서 친한 친구들과 '차금'을 했다. 각자 좋아하는 차와 찻잔을 들고 와서 서로 가져온 차를 나눠 마시며 수다 떨며 낭만적인 금요일 밤을 보낸 것이다. 한쪽은 술로 정신이 점점 혼미해가는 놀이고, 한쪽은 차로 정신이 점점 또렷해지니, 같은 놀이인데 놀이의 결과는 아주 다르다.

얼마 전 나와 여동생, 효진이 이렇게 셋이 만나 이야기를 하는데 효진이가 이랬다.

"우리 셋 중 제가 인생을 제일 낭비하고 살아서 최고로 잘산 것 같아요."

부러워 미치는 줄 알았다. 인생을 낭비하다니, 이 얼마나 멋진가. 그것도 즐거움으로 낭비를 했는데, 그보다 더 좋은 낭비가 있을까. 인생은 만들어 가는 것이 아니라 다 쓰고 죽는 것이 아닌가 싶다.

효진이를 본받아 내 남은 인생도 좋아하는 것을 찾아 낭비로 치달을 것이다.

효진이는 얼마 전 제주도에 작은 펜션을 샀다. 여기 찾아오는 사람들, 못 놀아 본 이들에게 잘 노는 법을 전수할 계획이다.

아, 근데 내가 이렇게 전폭적으로 사랑하는 효진이가 누구냐면, 우리 사돈댁의 귀한 딸이고, 귀엽고 사랑스런 두 조카의 엄마이고, 우리 부모님의 외며느리이고, 나에겐 올케이며, 내 남동생에겐 지구에서 선택된 단 한 명의 아내다.

그러거나 말거나 효진이는 나한테 그냥 효진이다. 그래서 효진이가 좋다.

우리 가족에게 와 줘서 고맙다.

내 친구가 되어 준 것도 고맙다. 앞으로 백만 년 동안 친구가 되어 줘.

사랑해. 효진아!

우리 마녀 할머니들

우리 마녀 할머니들을 생각하니 갑자기 웃음이 나오려고 한다.

먼저 친가 쪽 마녀 할머니.

할머니, 할아버지는 두 분의 아버지가 훈장이었던 인연으로 혼례를 올리셨단다. 형편도 넉넉하고 두 분 다 유순하여 걱정 없이 8남매를 낳고 잘 살았다.

그러던 어느 날, 옛이야기 한 꼭지처럼 할머니가 신병을 얻었다. 신을 받지 않으려는 할머니는 병치레를 하느라 논도 팔고, 밭도 팔았다. 할아버지가 많이 고생하신 덕분이었는지, 할미닌 무당이 되진 않으셨지만 신기는 남아 있었다.

건넛방 벽장에 작은 제단을 두고 본인의 몸과 마음을 다스리거나, 가끔 동네 사람들이 부탁을 하면 정성스레 떡을 시루에 앉히고 기도를 드렸다. 할머니가 징을 낮게 울리며 읊조리던, 노래 같던 정갈한 주문을 들으면 마음이 차분해지곤 했다.

외가 쪽 마녀 할머니는 종목이 다르다. 외할머니의 큰아들이자 우리 엄마의 오빠인 큰외삼촌은 여의도의 유명한 교회 담임 목사였다. 외숙모는 영어로 성경을 읽고 가르친 엘리트 여성이었다. 그러나 난 외삼촌의 기도보다 외할머니의 기도가 좋았다. "남묘호렌게쿄"란 말 이외엔 알아듣진 못했지만 무릎 꿇고 두 손 모아 끊어질 듯 끊어질 듯 이어지는 할머니의 기도 소리를 들으며 까무룩 잠이 들곤 했다.

외할머니는 〈남묘호렌게쿄〉를 믿으셨다. "남묘호렌게쿄"란 "법화경에 귀의한다"는 뜻으로, 일본에서 시작된 종교란다. 할머니 기도의 클라이맥스는 오랜 기도가 끝난 뒤 꿇었던 다리를 푸시며 다리를 꼬고 담배를 한 대 태우는 것이었다. 뭐랄까, 그때서야 비로소 기도가 담배 연기를 타고 하늘로 올라가는 것 같았달까.

외삼촌과 외숙모는 외할머니를 위해 "아멘"을 부르고, 외할머니는 큰외삼촌을 위해 "남묘호렌게쿄"를 부르며 기도를 드렸다. 외삼촌이 팔십이 넘으셨는데도 정정하신 것을 보면 외할머니 기도발이 더 센 거 같기도 하다.

우리 마녀 할머니들은 1910년대에 태어나셨다. 아무것도 없는 전쟁통에 피난 가며 8남매, 7남매를 키우려니 기도를 하지 않고 그 험난한 격변의 시대를 어찌 살아 냈겠는가. 손바닥을 마주 대고 비벼 본다. 할머니 손바닥에서 나던 비슷한 소리가 난다.

우리 두 마녀 할머니들의 요상한 기도를 자장가로 듣고 자란 나에게는 가톨릭에서 세례를 받은 우리 엄마 '양 유스티나'의 주기도문과 절에 가서 합장하며 108배 하신 아빠의 기도도 들어와 있다. 아빠는 가족들 권유에 성당에서 세례를 받았으나 개의치 않고 절에 가서 스님들과 교우를 나누신다.

나, '베로니카'는 술도 먹고, 욕하고, 무당도 만나고, 별자리점도 보고, 절에 가서 108배도 하고, 목사님하고 친구도 하고, 심지어 부적 그림책까지 만들었다.

일요일 아침, 나는 교회도 절도 성당도 가지 않는다. 그래

도 평화롭고 굳세다. 혹자는 콩가루 집안이라고 하겠지만 각자의 믿음을 존중해 준 진정한 종교인들이 모인 평화의 장이며, 그 공존의 소산이 바로 나다, 음홧화화.

이번 일요일에는 동생들 불러다 얼음 동동 띄운 고소한 콩국수나 시원하게 해 먹어야겠다.

이렇게 유쾌한 할머니라니

우리 큰고모는 팔십이 넘으신 시골 할머니다. 살면서 이렇게 유쾌한 할머니를 본 적이 없다. 일단 잠시도 가만있지 않는다. 밭으로, 갯가로, 산으로 다니신다.

어느 날 고모부가 꿈과 현실을 혼돈해 한밤중에 횡설수설하셨다. 택시를 불러 읍내 병원으로 갔다. 고모부가 각종 주사를 맞는 동안 무료했던 고모 역시 그 옆에서 최고의 영양제를 같이 맞았다. 그런 다음 기운차게 고모부를 데리고 귀가하셨다. 나라면 병원 주위를 돌며 질질 짜며 치매 걸린 남편 걱정만 한 무더기 풀어 놓았을 거다.

혼자 고추 모종 3백 개를 심고 오시는 길에도 갑자기 들이닥친 조카들을 위해 프라이팬에서 불을 확확 뿜으며 굴과 조개 요리를 해 주시는 분이다. 배낭에 갈고리랑 도시락 넣어, 걷고 버스 타고 갯가에 가서 캐 오신 거란다. 동생이 광에 들어갔다 나오더니 "세상에! 장사를 나가도 될 만큼 캐 오셨어. 도대체 어떻게 저걸 다 가지고 오셨지?" 한다.

부엌 창밖으로 보이는 조그만 밭에 무화과나무, 더덕, 달래, 시금치, 감나무, 자두나무, 온갖 나물들까지……. 정글 같은 밭에만 들어갔다 나오면 두 손 묵직이다.

밭둑에는 쑥이며 보리까지 자란다.

"고모, 보리가 왜 여기서 자라요?"

부엌에서 엿질금을 씻어 버렸는데 그게 밖으로 흘러가서는 밭둑에 자리를 잡아 보리가 자랐다는 거다. 버리는 것도 살아나게 하는 신기한 할머니다.

게다가 유머가 어찌나 많으신지, 늘 고모 덕에 웃음이 한바탕이다. 그런 고모가 냉장고 앞에서, 예뻐하던 막내 사위 사진을 어루만지며 "어허, 어허." 하신다.

"나보고 어머니 2주 뒤 봬요, 그랬어. 그런데 약속을 안 지키고……. 어허, 어허."

그 "어허, 어허." 숨 뱉는 소리가 고모의 온몸 구석구석에서 하나씩 나오는 것 같았다.

커다란 냉장고 앞에 나보다 아주 작은 고모, 그리고 그 뒤 고모를 보듬고 싶은 멀건 나. 고모 덕분에 냉장고도 나도 셋째 형부를 잃은 슬픔에 무릎 꿇지 않고 서 있었다.

꼿꼿하게 중심 잡고 선 고모 덕분이다.

엄마는 얼마나 단단할까?

이모의 다방

이모는 5남 2녀 중 막내다. 육십이 넘었는데도 형제들이 모이면 "언니!", "오빠, 오빠!" 부르며 어리광을 부리는 살가운 분이다.

이모에게는 이런 역사가 있다. 이모는 일찍이 아이 둘을 두고 집을 나왔다. 그것도 애들이 유치원 다닐 때. 모르는 사람은 어미가 자식을 떼어 놓고 어찌 살까 하는데, 난 이런 말들이 참 싫다. 타인의 불행에 이때다 하고 변변치 못한 자신의 삶을 뽐내다니!

자식을 두고 나온 엄마 마음은 이미 지옥이다. 더더군다나 남편이 알코올중독으로 폭력을 행사한다면 그 공포는 상상할 수가 없다. 우리 이모부는 젠장, 화가였다. 어릴 때 유화를 그리던 이모부를 보며 '나도 저렇게 멋진 그림을 그리는 화가가 돼야지.', '이모부 같은 자상하고 멋진 남자랑 결혼해야지.' 했는데, 그런 분이 술이 들어가면 다른 사람이 되었다.

별이 총총하던 그날 밤도 이모부에게 맞던 이모는 맨발로 집을 나갔다. 이모부는 엄마에게 이모의 행방을 물었고, 엄마는 차갑게 모른다고 했다. 나도 이모가 어디 있는지 궁금했지만, 내가 알면 이모부도 알 것 같아 내 마음 깊은 곳에 이모를 숨겼다.

우리 이모는 그 이후 잘 살지 못했다. 그러나 동시에 또한 잘 살았다. 내가 이모를 다시 만난 것이 스무 살쯤인가. 이모는 서울에서 다방을 하고 계셨다. 비가 오는지 바람이 부는지 모르는 지하 다방에서 30년을 매일같이 일을 하셨다. 그즈음 나는 본가로 옮겨 간 외사촌을 만나러 갔다. 그 길이 어찌나 멀던지…….

경상도 산골에 살아 읍내에서 혼자 자취하며 고등학교를 다니던 외사촌과 나는 서먹했지만, 그래도 잘 지내고 있어 고맙다는 마음을 나눴다. 엄마를 원망 안 한다고, 우리는 잘 지냈고, 아빠도 그때부터 술도 덜 드시고 일도 하고 재혼도 하셨다고.

이모는 오십이 넘어 다방 일을 하며 방송통신대학에 진학했는데, 전공이 유아교육이었다. 두고 온 자식에 대한 미안함 때문이었을까, 일등만 하는 독종 장학생이었다. 외사촌은 지금 이모 곁으로 와서 산다. 유치원 원장님은 못 되고 여전히 다방 마담이지만 손주 사진으로 핸드폰을 도배하고 산다.

누구에게나 가시 같은 이야기가 있다. 너무 뾰족하고 아파서 만질 수도, 떼어 낼 수도 없는 가시. 가시를 깊이 꽂은 채 사는 사람에게 그 가시는 가끔 훈장이 되기도 한다.

나는 지금도 다방을 잘 간다. 거기 우리 이모들이 있다.

영양 듬뿍 특제 요리

내 동생은 태어날 때부터 허약 체질이어서인지, 시민 단체에서 밥 굶어 가며 운동을 해서인지, 먹는 것을 아주 각별하게 생각한다. 어릴 때부터 부모님은 동생에게 몸에 좋다는 온갖 것을 구해 먹였다. 어느 날은 배앓이에 좋다고 숯가루를 물에 타서 먹여 혓바닥이 새까맣고, 어느 날은 눈에 좋다고 소 간을 먹여 입가에 빨간 피가 한 줄 흘렀다.

결혼하고 회사를 다녔는데, 아이에게 미안한 마음에서인지 밥 한 끼, 먹는 것에 늘 최선을 다했다. 횡성에서 숙성시킨 무항생제 쇠고기에, 강원도 두메산골에서 유정란이 배달오고 채소며 쌀이며 무농약 친환경 농산물에 유부도미, 현미를 주식으로 하는 건강 밥상이다. 집에서 족발을 만들고, 치즈도 만들고, 무쇠 가마솥에, 식품 건조기에 신선한 재료를 다룰 각종 최신 도구들까지 완벽했다. 흑마늘, 게장에, 묵도 쑤어 먹는다. 쑥도 뜯어다 다섯 번 덖어 쑥차도 만든다. 아, 얼마 전엔 커피콩도 집에서 볶아서 마시더라.

그런데 동생에겐 이보다 특별한 첨가물들이 있었다. 조카가 유치원 다니던 어느 날, 아이가 배가 아프다고 해서 유치원에 보내지 않고 집에서 죽을 먹였단다. 다른 특별한 것을 먹이고 싶었으나 배앓이라 어쩔 수 없이 무농약 쌀을 정성껏 씻어 흰죽을 끓여서 아침을 먹였다. 차도가 없어서 아침에 먹던 죽을 데워서 저녁에 또 먹였다. 죽을 절반 정도 먹던 나의 귀여운 조카가 말했다.

"엄마, 죽에 검은 깨 뿌렸어?"

"아니, 아침에 먹던 흰죽 데웠는데."

"근데 이건 뭐야?"

동생이 봤더니 바퀴벌레가 죽 냄비 안에 제 새끼들을 상납하고 지나가신 것이었다. 그러니까 까만 깨의 정체는 바퀴벌레 새끼들……. 신선한 단백질이 첨가된 죽이었다.

자, 자, 진정들 하시고 심장 약한 분들께는 심심한 사과드린다. 이쯤에서 영양 주스 한잔 마시면서 한숨 돌려 보자.

동생이 내 사랑하는 조카에게 과일과 채소 이것저것을 갈아 한꺼번에 비타민과 섬유질을 흡수하게 영양 주스를 만들어 주었다.

"엄마, 이거 뭐 넣고 만들었어?"

"당도 높은 바나나, 유산균 듬뿍 요구르트, 머리 좋아지는 견과류까지 넣었지. 맛이 끝내주지?"

"근데 이 알갱이 씹히는 건 뭐야?"

"알갱이? 믹서에 갈아서 알갱이 없을 텐데."

특별 재료로 들어간 것은 알고 보니 실리카겔! 재료를 막 넣다가 보존제까지 넣고 갈아 버렸다는 이야기.

뚝배기에 계란을 굽다 뚝배기가 터져 온 집 안에 유정란을 먹이는 게 내 동생이다. 그래도 내 조카는 팔, 다리 부러져 깁스를 한 적은 있어도 제 엄마가 해 준 음식을 먹고 탈이 난 적은 한 번도 없다.

5부

엄마 자리는 잠시 내려놓고

오늘 밤은 삐딱하게

우리 애들이 가끔 나에게 묻는다.

"엄마, 왕따지?"

"왕따 아니야. 자따야 자따."

"웃기네. 친구 엄마들이 엄마한테 연락 안 하잖아."

"그거야, 내가 바쁘니까 그렇지."

몇 번이지만 애들 학교 엄마들을 만난 적이 있다. 그때마다 마음에 한바탕 회오리바람이 불었다. 엉망이 된 마음을 수선하다가 얻은 깨달음이 있다.

'보지도 듣지도 말자!'

큰아이 중학교 때 반 모임이었다. 일식집에 들어가려고 보니 청바지와 운동화에 배낭을 멘 내 차림새가 좀 부끄러웠다. 나는 어찌 그 흔한 '빽' 하나가 없는가. 아, 결혼할 때 받은 '빽'이 있긴 한데, 그 '빽'을 들려면 구두도 있어야지, 옷도 있어야지, 마치 '빽' 모시고 다니는 꼴인 것 같아 결혼식 이후에 들어 본 적이 없다.

좌우지간 들어간다. 드르륵.

여인들 일동 조신하게 앉아 있는데 참으로 빛나더라. 다들 드라마에 나오는 사모님들처럼 어찌나 예쁘고 세련되었는지, 구석에 앉아 밥을 먹는데 조금 집에 가고 싶어졌다. 왜 애들 아빠 직업은 그렇게들 이야기하는지……, 또 자기는 몇 학번이니, 애들 선행을 어디까지 했네, 학원이 어쩌고 저쩌고…….

할 말 없는 나는 도미, 우럭과 눈을 맞춰 가며 본의 아니게 식탐을 부리고 있었다.

"저어기요, 선생님한테서 새벽에 문자 오시나요?"

담임 선생님은 새벽 다섯 시 반이면 엄마들에게 문자를 보내는 분이었다. 애들 깨워서 공부 시키라고. 나는 아이들이 잠 부족하게 학교 가는 게 늘 안타까웠다. 그래서 "선생님, 너무 하시다. 문자 보내지 마시라." 하고 부탁드리려고 했다. 그런데 다들 "너무 훌륭하신 우리 선생님!"이라 입을 모았다. 참을 수 없어서 한마디 했다.

"저는 그때쯤 자는데, 아주 고역스러워요. 그 시간에 문자에 답까지 하라고 하시고."

"그 시간에 주무신다고요? 어머, 무슨 일 하시는데 그때 주무세요?"

왜 그랬을까? 그러려고 그런 건 아닌데, 입이 제멋대로 움직였다.

"술집 나가요."

거기서 멈췄으면 좋았을 텐데, 교양 있는 한 어머니가 호호 웃으며 말했다.

"어머, '나가요'처럼 안 생기셨어요."

"나갈 땐 좀 달라요."

그때 돌아오는 길에 이 노래가 나왔더라면 정말 딱이었을 텐데.

내버려 둬

어차피 난 혼자였지

아무도 없어 다 의미 없어
사탕 발린 위로 따윈 집어쳐
오늘 밤은 삐딱하게

그 뒤로 엄마들 모임에는 안 '나가요.'

슈팅 스타

지하철이 지하 터널로 들어가자 차창에 내 모습이 비쳤다. 갑자기 마주한 내 모습이 낯설어 눈을 어디다 둬야 할지 몰랐다. 눈물이 그냥 뚝 떨어졌다. 줄줄 흐르는 게 아니라 쿨하게 뚝.

아이를 키우는 동안 나는 감당하기 벅찬 나를 조금씩 보내 주어야 했다.

내게도 밤새워 그림을 그리고, 동료들과 열렬히 예술에 대해 토론하고, 멀고 먼 곳까지 혼자서 여행하며, 이 세상이 온전히 내 것 같던 시절이 있었다. 아기를 품에 안아 젖을 먹이며 등에 아기를 업고 자장가를 부르며 아련히 멀어져

가는 시절에 인사를 했다.

'안녕, 안녕, 나의 자유여!, 나의 젊음이여!'

긴 여행을 하고 온 나의 자유와 젊음은 늙고 남루해졌다. 게다가 아무도 이런 모습을 기다리지 않는다. 이런 나로 무엇을 할 수 있을까.

지하를 빠져나온 기차가 계속 달리자 늙고 남루한 나는 순식간에 사라지고 반짝이는 한강과 별이 총총 매달린 따뜻한 도시의 밤풍경이 펼쳐진다.

'아! 내가 좋아하는 별들! 너무 환하고 예쁜 우리 아이들을 보느라 나를 못 보았구나.'

크고 멋진 별을 떠나 우주를 떠돌던 별 부스러기가 지구 대기 안으로 들어오면서 자신을 불태우며 빛을 낸다.

하루 동안 지구에 떨어지는 수많은 유성들 가운데 맨눈으로 볼 수 있는 것은 거의 없으며, 혹 본다 하더라도 수십 초 분의 일, 눈 한 번 깜빡하기 전에 지나간다.

떠돌다 한 번 확 태우는 그 순간! 그 별똥별을 본 누군가는 소원을 빈다. 별똥별은 소원을 들어 주기 위해 지구로 돌진하며 자신을 태운다. 소원이 하나 이뤄진다.

달콤한 아이스크림 이름이 된 슈팅 스타! 나쁘지 않은 인생이네.

좀 구차하지만 한마디 덧붙이자면, 큰 별이 되라고 너희들에게 떨어져 나온 거야.

우리 엄마들은 다 예쁜 슈팅 스타 별똥별이라고.

엄마는 외계인이 아니라, 슈팅 스타!

몸의 소리

어릴 때 선생님들은 '남이 말하는 소리'를 잘 들어야 한다고 하셨다.

철들고 나서 가르침을 주신 선생님들은 '마음이 말하는 소리'를 들으라고 하셨다. 그래야 이 세상을 살아가는 힘이 된다고. 마음이 말하는 소리를 듣기 위해 내면의 산을 오르고, 지혜의 강을 건너고, 번민의 들을 지나, 정화의 폭포수 아래서 정진했다.

그런데 문제는 겨우 마음의 소리를 들을 만해지니 몸이 안 움직인다는 거다.

이제 요가 선생님이 말한다.

"몸의 소리를 들으세요."

요가 첫 시간, 펑펑 울었다.

"으악, 으악, 으으, 아아."

다리를 올릴 때 으억, 팔을 쭉 올릴 때 으으, 몸을 들어 올릴 때 아아.

진짜 너무 아파서 울었다.

운동이 끝나고 누워 눈을 감고 숨고르기를 하다 내 몸 구석구석을 더듬어 만졌다.

그제야 몸이 말하는 소리가 들렸다.

'왜 이제야 날 돌보는 거야? 그동안 많이 아팠어. 왜 이렇게 방치한 거야? 나한테 어떻게 이럴 수 있어? 나 없이 네가 할 수 있는 게 있긴 해?'

애들 키우며 사느라, 돈 벌어 먹고 사느라 나는 내 몸이 말하는 소리를 듣지 않았다.

온전히 나를 위해 존재하던 몸이 처음으로 산산이 분해되었을 때가 출산이었다. 온몸이 흩어졌다. 내 세계를 파괴해서 새로운 생명을 만들었다. 한 호흡에 뜨겁게 달구어진

붉은 피는 온몸의 뼈를 다 조각조각 나누고 모든 근육을 들쑤셔 팽창과 응축을 해 내 몸 안에 새로운 길을 만들었다. 그때 몸의 소리를 들었어야 했다. 이제 엄마로 다시 태어난 새로운 몸을 잘 돌봐야 한다는 소리를.

골병이 들어서야 자기 몸의 소리를 들으면 나처럼 "으악, 으악." 하게 된다.

억지로라도 몸의 소리를 들어야 한다.

다시 만들어 내는 것이 무엇인지 기대가 된다.

예쁜 몸매든, 건강한 몸이든, 혹시 모를 귀여운 늦둥이든, 자아를 찾는 일이든!

으어억!

그만하세요

만원 버스를 탔는데 용케 자리가 생겨 뒤쪽에 앉아 왔다. 점점 버스에 사람이 많아지더니 시비가 붙었다.

"왜? 이게 어디서 눈을 흘겨! 내가 지금 너를 만지기라도 했다는 거야?"

"아니, 뒤도 못 돌아봐요? 자꾸 닿으니까 그렇죠."

"버스 안이 좁으니 그렇지. 그렇게 닿는 게 싫으면 택시 타고 다녀. 버스 타다 보며 닿기도 하고 그러는 거지, 나 원 참!"

"아저씨, 왜 소리를 지르세요? 제가 아저씨보고 뭐라 그랬어요? 그냥 뭐가 닿기에 뒤돌아본 거라고요."

"아니, 이게 어디서 꼬박꼬박 말대꾸야!"

빗길에 길은 막히고, 좁은 버스에서 여자와 남자는 고래고래 소리를 지르면서 싸우는데, 아무도 말리거나 뭐라는 사람이 없었다.

"야야. 어디서 얼굴도 못생긴 게 지랄이냐. 주제 파악 좀 해라. 너 같은 건 트럭으로 가져다 줘도 안 건드려."

더 이상은 들어줄 수 없는 데까지 왔다.

또 입이 제멋대로 움직였다.

"아저씨!! 그만하세요! 그걸 지금 말이라고 하세요!"

내 옆자리 여자애는 내 고함 소리에 너무 놀라 들고 있던 우산을 떨어뜨렸다.

버스 안은 순간 적막이 흘렀다. 안내 방송조차 놀랐는지 입을 다물어 고요하기 그지없었다.

두 사람도 조용해졌다.

다른 사람들은 아무 일 없었던 것처럼 손잡이를 잡고 버스에 흔들려 갔다.

화가 좀 가라앉고 나니 걱정이 되기 시작했다.

저 아저씨가 나 내릴 때 따라 내리면 어쩌지. 얼마 전 아이들 싸움 말리던 어떤 아저씨는 칼을 맞았다고 뉴스에 나왔는데. 저 아저씨, 계속 나를 힐끔거리네. 우리 애들이 늘 "엄마, 제발 남들 싸우면 그냥 지나가!" 그랬는데……. 그래도 어떻게 그런 막말을 모른 척해.

드디어 내릴 때가 됐다.

나는 우산을 접어서 가방에 쑤셔 넣었다. 그리고 배터리가 없어서 진즉에 꺼진 전화기에다 큰소리로 말했다.

"어, 엄만데 삼촌이랑 버스정류장에 좀 나올래? 엄마가 우산이 없어서. 삼촌, 도장에서 왔니? 응, 응. 그래, 이따 삼촌이랑 버스정류장에서 만나."

돼지 엄마

돼지 엄마라고 들어 보셨는지? 유명 학원의 스타 강사를 모셔 와 과외 팀을 짜 주는 사람을 일컫는 말이다. 주로 강남 학원가에 사는데, 과외 한 팀에 적게는 세 명에서 많게는 열다섯 명까지 들어간다. 인원수가 많아지는 건 선생님 수업료가 비싸서다.

한 번 팀을 짜면 짧게는 한 분기, 길게는 1년 동안 같이 공부하게 된다. 그러니 돼지 엄마가 연락을 하면 무조건 달려간다. 기회는 자주 오지 않는다. 시험 기간에 3백만 원짜리 수업을 아이 둘에게 각각 시키는 엄마도 봤고, 한 달 네 번에 5백만 원짜리 수업을 1년 동안 지속하는 팀도 봤다.

과외 선생님 수입이 얼마나 될지 상상이 되시는가?

그러니 엄마들뿐 아니라 과외 선생님들도 돼지 엄마에게 잘 보이려 애쓴다. 돼지 엄마가 사교성도 좋고, 발이 넓으니 각종 정보가 모인다. 엄마들은 그래서 돼지 엄마 전화번호를 얻으려고 애쓴다. 돼지 엄마의 아이들은 대개 좋은 학교로 진학해 있어 엄마들이 더 믿고 따른다.

그런데 나 같은 돼지 엄마도 있다. 내가 왜 돼지 엄마냐? 가장 먼저, 난 돼지띠다. 진짜 돼지 엄마인 거지. 흠흠. 그리고 나는 성격도 좋고 언변도 좋으며 각종 정보는 넘친다. 강남의 돼지 엄마는 아이들 학원가에서 활동하지만 난 전국구다. 엄마들이 사람들을 모은 뒤에 나한테 연락을 하든지, 아니면 알아서 모인 엄마들이 뜻을 모아 나를 부른다. 그러면 나는 그런 자리에 가서 그림책이 얼마나 좋은 책인지, 책을 읽는 게 왜 삶을 보살피는 일인지, 평생 도움이 되는 정보를 준다. 보도 듣도 못 한 아름답고 감동이 진한 그림책들을 보여 주며 엄마들을 마구 홀린다. 그림책을 보지 않으면 아이들의 인생이 슬퍼질 거라고 겁도 준다. 이렇게 엄마들을 홀리면 추천 도서목록을 받고 싶어서 애걸복걸이다.

이뿐만이 아니다. 적게는 세 명에서 많게는 열 명까지 독서 모임을 만들어 그림책이든 어른 책이든 책을 읽게 한다. 만나서 이야기를 나누다 보면 아이들은 다 잊어버리고 자신의 인생이나 꿈에 대해 자연스럽게 이야기하게 된다. 연대와 공동체에 대한 생각도 가끔 한다.

엄마들은 혼자도 강하지만 모여서도 잘 지낸다. 그런데 아무 곳에나 모여서는 안 된다. 선한 기운이 만들어지는 곳, 거꾸로 흐르지 않는 곳, 무엇보다 자신이 흔들리지 않는 곳이어야 한다. 흔들리지 않고 피는 꽃은 없다지만, 우리 엄마들은 너무 흔들려서 뿌리가 뽑힐지도 모른다.

인생 한 번뿐, 욕심 많은 우리, 즐겁게 살다 가자. 꿀꿀꿀. 진짜 돼지 엄마의 말씀이었다.

잘 놀기 위해 필요한 것

카페 옆자리에 오십 대쯤 되어 뵈는 아주머니 둘이 앉아 이야기를 하고 있다. 한 사람은 일하다 급하게 나왔는지 앞치마를 하고 팔짱을 낀 채 앉아 있고, 다른 한 사람은 하얀 종이에 뭔가를 쓰고 있다.

난 교양 있는 사람이라 보고 싶지 않았지만 글씨가 대문짝만 해 하마터면 열고 들어갈 뻔했다. 종이에는 이렇게 적혀 있었다.

차용증.

일금 오백만 원.

차용증을 쓰고 난 뒤에는 채무자, 채권자 입장은 바로 사라지고 두 사람은 머리를 맞대고 앉아 돈 얘기를 심각하게 나눈다. 어떻게 하면 돈이란 것이 생길까 진지하게 이야기한다. 나 역시 귀 쫑긋!

"일단 얼마를 모을지, 같이 목표를 세워야 해. 그러고는 돈을 같이 불릴 사람을 모으는 거야. 처음에는 액수를 좀 작게 해. 그러다 점점 액수를 불리는 거지. 다음에는……."

그게 '계' 아닌가? 난 또 뭐 대단한 비법이라도 이야기하시는 줄 알았네. 이 언니들도 돈 많이 벌긴 그른 것 같다. 이야기는 계속되었다.

"그렇게 돈 모으면 우리 일본 가자. 일주일 내내 휴일도 없이 아침 아홉 시부터 밤 아홉 시까지 종종거리면서 일해 봐야 달랑 이백사십만 원이야. 집에 들어가면 너무 피곤해서 아무것도 못 하고 잠만 자고 나와. 우리가 무슨 재미가 있니? 돈 모아 놀러나 가자!"

그분들이 아마 '신중년'이라는 엄마들이었던 모양이다. 적극적으로 자기의 삶을 가치 있게 만들려고 외모도 꾸미고, 여행도 가고, 문화생활도 하고, 사회 활동도 열심히 하는 사람들이다.

그렇게 살려면 돈이 있어야 하고, 돈을 벌려면 또 열심히 일해야 한단다. 일을 하니 시간이 없고, 시간이 없으니 놀 수가 없다. 아이구야!!

버트런트 러셀이《게으름의 찬양》이라는 책에서 그랬다.

"일을 잘 하려면 놀아야 한다. 그리고 잘 놀려면 공부를 해야 한다."

신중년 언니들에게 꼭 들려주고 싶은 말이다.

꼭 돈을 많이 벌지 않아도, 억지로 일하지 않아도 잘 놀 수 있는 길이 얼마든지 있다. 잘 놀려면 돈이 있어야 한다는 최면에서도 얼른 벗어나 스스로의 내공을 키우면 좋겠다. 좀 못 놀면 또 어떤가. 다 잘 하려고 하지 말자.

문제 엄마

문제아가 있다면 당연히 문제 엄마도 있다. 왜 그런 녀석들 있지 않은가? 팔, 다리 부러져 가며 사고 치는 녀석 말고, 평탄한 대로 혼자 걷다 자빠져 코피 터지는 녀석. 정미다. 학교 다닐 때도 조용조용, 혼자서 말썽 피고 사고 치던 우리 정미.

고 3 때는 대학 안 가고도 세상 사람 다 인정하는 그런 삶을 살겠다고 엄마 속을 뒤집어 놨다. 고등학교 졸업한 뒤에는 직장 생활 열심히 하는가 싶더니 지지리도 가난한 남자를 만났다. 돈 없어도 잘 사는 거 보여 준다더니 지 말대로 열심히 사랑하며 행복하게 살았다. 아이 낳고는 자연 속에

서 키우겠다며 지리산으로 들어갔다.

정미는 그러고도 좀 더 나갔다.

무슨 바람이 불었는지, 큰아이가 고 3 때 지가 대학에 들어갔다. 엄마는 서울에 있는 대학에 입학하고, 아들은 경기도에 있는 대학에 들어갔다.

어쩌면 정미가 대학을 일찌감치 포기한 건 집안 형편을 먼저 챙기는 마음에서였을지도 모른다. 아이들 다 데리고 지리산 산골로 들어간 것도, 콧대 높고 잘난 엄마들 틈에서 아이를 소신대로 키우는 게 쉽지 않아서였는지도 모른다.

그렇지만 나는 한 번도 정미가 변명하는 걸 들어 본 적이 없다. 돈이 없어서, 학벌이 없어서, 부모가 못나서, 남편이 능력이 없어서……, 이런 말을 한 적이 없다. 툭툭 털고 일어나 코피 닦는다.

얼마 전 정미 집에 전화를 했더니 아이가 받았다.

"엄마, 집에 계시니?"

"아니요. 일어나 보니 밥상만 있는 거예요. 엄마는 없고. 전화해서 어디냐고 물었더니 뭐라는 줄 아세요? 중국이래요."

"뭐? 왜?"

“몰라요. 묻지도 않았어요. 밥상 차려져 있으면 ‘아, 며칠 안 오시는구나’ 해요.”

정미는 아들도 멋지네.

죽 쒀서 개 주지 말자

내가 '언니'라고 부르는 여자가 딱 한 명 있다. 유일하게 언니라고 부를 만큼 좋아한다. 그렇게 좋아하는데도 내가 해 준 건 별로 없어서 새삼 미안해지는 꽃순이 언니는 고등학교 선배다. 언니와 나는 이십 대 내내 함께였다. 학교도 다르고 동네도 다른데 그림도 같이, 여행도 함께, 영어 공부도 둘이, 수영도 테니스도 전시회도 함께였다. 술 마시고 놀 때도 당연히 함께였고. 언니가 들려준 「참을 수 없는 존재의 가벼움」은 뭔 말인지, 「한없이 투명에 가까운 블루」는 토하며 듣고 읽었다. 내 친구들은 언니를 다 알고, 언니 친구들은 나를 다 알았다. 늘 부족한 나를 인제나 도닥여 주고 이해해 주고 격려해 주던, 나의 전부였던 언니.

그러던 언니와 내게 틈이 생겼다. 언니에게 남자가 생긴 것이다. 그것도 사법 고시를 준비하는 남자가, 젠장!

언니는 그림을 때려치우고 돈을 벌기 시작했다. 자기를 위해서는 돈을 번 적이 없던 언니가 공부하는 형부를 위해 아기는 지방에 사는 친정 엄마에게 보내고 회사를 다녔다. 아이가 학교 입학할 무렵, 드디어 형부가 고시에 합격해 변호사가 되었다.

그때부터 언니 인생이 편해졌으면 다행인데, 내내 참으면서 공부만 한 형부도 힘들었는지 화려한 바깥 세계만 탐하시고, 형부 뒷바라지하느라 많은 일들을 뒤로 미뤄 두기만 했던 언니는 속에서 불이 났다.

그런데도 언니는 어쩜 그렇게 늘 씩씩하고 환하게 웃는지 모르겠다. 나뿐만 아니라 모두를 챙기고, 나눠 주고, 먹이고, 도와주었다.

"언니, 그러다 형부 한눈 팔면 어쩌려고 그래?"

어떤 날은 너무 짠해서 화를 내기도 했다. 그런 언니의 포용력도 피붙이인 엄마에게는 달라 보였는지, 친정 엄마 돌아가시기 전에 언니한테 그러더란다.

"숙 줘서 개 주시 바라."

여전히 언니는 죽도 잘 쑤고, 밥도 잘 하고, 인심도 후하고, 밖으로 도는 형부도 잘 챙긴다. 그런데 얼마 전 아들이 키우겠다고 데려온 개는 냉정하게 내쫓았다. 우훗, 효녀는 유언을 이런 식으로 듣는 건가.

진짜 아무것도 하지 않는 칠순 잔치

엄마들의 언어에는 상징과 은유가 넘쳐, 외국어 듣기 평가 시험 보듯 두 귀를 쫑긋 세워야 한다. 최근 친구가 들려준 엄마의 칠순 잔치도 그랬다.

나와 친구들이 나눈 대화를 살펴보자.

친구 1: 올해 우리 엄마 칠순이야. 근데 아무것도 하지 말라네.

친구 2: 그러다 진짜 아무것도 아닌 게 된다.

친구 1: 진짜 아무것도 하지 말래. 다 허례허식이라고, 가족끼리 밥이나 먹자던데.

나: 넌 그럼 엄마 돌아가시는 날까지 핍박을 받게 될 거야. 우리 엄마도 아무것도 하지 말라고 했지만, 엄마가 말하는 가족은 어디까지이며, '밥이나 먹자'는 무슨 밥을 어디서 어떻게 먹자는 건지, 꼭꼭 새겨듣고 연구해야 해.

친구 3: 맞아. 우리 엄마도 아무것도 하지 말라더니 "누구 이모는 섭섭해할 테니 불러라, 어디 삼촌 때 내가 갔으니 거기는 꼭 불러라, 여기는 가까이 사니, 저기는 멀어 부르는 사람 없으니, 거기는 거시기하니 부르고, 불러라." 이렇게 하다 보니 인원이 점점 많아지는 거야. 그래서 식당 예약하고 와서 "엄마, 생일상 조촐하게 차리려고 했는데 이 상차림 너무 화려하지? 엄마한테 물어보고 작은 상으로 바꿀 수도 있다고 하고 예약했어." 했지. 그러니까 우리 엄마가 크고 화려한 상차림 사진을 딱 가리키면서 "이게 보기 좋네." 하시는 거야.

친구 4: 한복 입어야겠네. 요새는 빌리는 것도 비싸더라.

친구 5: 이왕 하는 거, 칠순인데 새로 해 드려.

친구 1: 안 그래도 새로 하기로 했어.

친구 2: 자식들도 새로 해 입어. 같이 보기 좋게. 사진밖에 남는 게 없어.

나: 답례품은 어쩔 거야?

친구 1: 그것도 해야 해? 아무것도 하지 말랬는데.

나: 난 백화점에서 직계 가족 것만 했어.

친구 2: 난 저렴한 선물로, 오시는 분들께 다 돌렸어. 멀리서 온 친척들은 차비도 넣어 드렸어.

친구 1: 잔치는 잔치고 선물이나 해외여행은 어찌 해? 올초 여행 다녀오셨는데 너무 좋았다고, 당분간은 여행 안 가신다고 하셨는데.

친구 6: 잔치 전에 간 건 그냥 여행이고, 칠순 잔치 후에 간 여행이 칠순 여행이야.

우리 엄마도 이런 칠순 잔치를 속으로는 바라셨을까? 잘 모르겠다. 중요한 건 그것이 성대한 잔치든, 소박한 가족 식사든 자식들 허리가 휘더라도 오래오래, 건강하게만 우리 곁에 계셔 주면 좋겠다.

나는야 온갖 문제 상담 연구소

내 휴대전화는 날마다 엄마들의 질문으로 포화 상태다.

아침에 일어나면 밤새 자기 문제, 아이 문제, 남편 문제를 물어보는 문자가 가득하다. 지난밤 한두 시까지 고민을 토로하시는 분들이 원하는 답을 얻으시고 퇴근하자마자 또 다른 분들이 출근한다. 문자도 드리고, 너무 길거나 심각한 내용은 전화를 드린다. 이메일을 열어 보면 방방곡곡 엄마들이 질문을 쏟아 놓았다.

작가들도 나에게 연락해서 고민을 이야기한다. 작업이 안 되는 이유, 우울, 경제적 고민, 도서관 사서, 독서 활동가. 간혹 상담하던 어머님이 자기가 다시 말하기 어렵다고 아버님을 바꿔 주기도 하고, 아이 봐 주는 도우미 아주머니랑 상담한 적도 있다. 우리 동네까지 부부가 함께 찾아와 내 수업 끝날 때까지 기다렸다 만나고 간 적도 여러 번이다.

학교 선생님들도 예외는 아니다.

"이 아이를 어쩔까요, 이 아이 부모님에게 뭐라고 말해 줘야 할까요?"

심지어 바람난 친구들도 나에게 다 연락해서 묻는다.

"그 남자의 마음은 뭘까? 언제쯤 그 여자랑 헤어지고 나에게 올까?"

이쯤 되면 신통한 기운을 모으고 부적도 써야 할 판이다.

맨날 "전 자격증도 없는 '야매'예요!" 말하는데도, 전화기는 북새통이고 만나는 사람마다 나를 놓아 주지 않고 "밥 사 줄게, 만나자.", "술 사 줄게, 만나자." 한다.

이 죽일 놈의 인기!

그런데 정작 나에게 절대 묻지 않는 사람들이 있다.

바로 우리 아이들. 다 알아서 한다.

엄마를 못 믿어서 그렇단다.

TAJ MAHAL
Orange
TAZO
PICKWICK
NEW ENGLISH TEAS
山 高 山
골 감 골
高 山
t
TWININGS
Since 1706
CARAMEL PEACH
3-4min.
®
t
®
TWG
t
TEA 茶
茶 TEA
쌍계명茶
TWG
Red Berries
8-10min
®
LONDON
FRUIT&HERB
COMPANY
쌍계명茶
TWININGS
Since1706
®
TEA 茶
茶 TEA
t
山 高 山
골 감 골
山 高 山
®

바야흐로 2018년

"너는 글씨를 쓰거라. 나는 떡을 썰겠느니라."

— 한석봉 어머니

"말은 망령되게 하지 말아야 한다. 기품은 지키되 사치하지 말고, 지성을 갖추되 자랑하지 말라."

— 율곡 이이 어머니 신사임당

"네가 나라를 위해 이에 이른즉 딴맘 먹지 말고 죽어라."

— 안중근 어머니 조마리아

"어미를 원망치 말고 사회제도와 도덕과 법률과 인습을 원망하라."

— 나혜석

"걱정 마라, 내 목숨이 붙어 있는 한, 내가 너의 뜻을 이룰 테니."

— 전태일 어머니 이소선

때는 바야흐로 2018년인데, 엄마라면 이 정도 말은 해야 하지 않을까.

"내가 네게 공부 못한다고 뭐라 안 하니, 너도 나에게 음식 맛을 뭐라 하지 말지어다. 각자의 재주인 것을 그것으로 괴롭히지 말자."

"돈 많이 쓰면 많이 벌어야 한다."

"효도 같은 것은 잊어라. 서로에게 인간에 대한 예의가 필요할 뿐이다."

"어려울 때 손 내밀어라. 혼자서 무엇을 이루기 어려운 시대다."

"훌륭한 사람이 되려고 하지 마라. 네가 네 마음에 드는 사람이 되어라."

"한 우물만 파지 마라. 좋은 우물을 찾아 나눠 쓰는 것도 좋다."

"사람을 미워하지 마라. 같이 살려고 다들 이 난리다."

"위인전 기웃거리지 마라. 너 자신이나 똑바로 봐라."

"네가 싼 똥을 네가 꼭 치운다면, 언제 어디다 싸도 좋다."

또 뭐가 있을까.

훌륭하신 분들 덕에 이리 좋은 세상 만나게 된 것을 고개 숙여 감사하고 그 뜻을 기린다.

그러나 나는 신사임당이 아니고, 지금은 조선시대가 아니지 않은가.

내 시대에 맞는 내 생각이 필요하다.

아무도 외롭지 않게

첫 번째 찍은 날 | 2018년 3월 22일

지은이 | 김지연

펴낸이 | 이명회

펴낸곳 | 도서출판 이후

편집 | 김은주

표지 및 본문 디자인 | A. Lance

등록 | 1998. 2. 18.(제13-828호)

주소 | 10449 경기 고양시 일산동구 호수로 358-25(동문타워 2차) 1004호

전화 | 대표 031-908-5588 팩스 02-6020-9500

블로그 | http://blog.naver.com/dolphinbook

페이스북 | facebook.com/smilingdolphinbook

ISBN | 978-89-97715-55-8 02810

이 도서의 국립중앙도서관 출판시도서목록(CIP)은 e-CIP 홈페이지(http://www.nl.go.kr/cip.php)에서 이용하실 수 있습니다. (CIP 제어번호: CIP 2018005665)

꽃의 걸음걸이로, 어린이와 함께 자라는 웃는돌고래